숨겨진 목걸이

숨겨진 목걸이

이명신 단편소설집

서이원

나에게 주는 선물

태생 적부터 순탄치 않았던 삶의 굴레에서, 살기 위해 더욱 치열하게 살았던 삶을 돌아보면서 쉼 없었던 일상에서 벗어나 나를 찾기 위해서, 나를 용서하기 위해서 단편집을 엮는 과정에서 '굴레'라는 단어에 갇혀 많이 고민했다.

굴곡 많았던 나의 생은, 용서하지 못한 나 자신의 분노와 미움이 독이 되어 스스로 자신을 해쳐왔다.

부자가 돋보이는 것은 가난한 자가 있어서이지 모두가 부자면 애초에 부자라는 말도 없었을 터이다.

불경에 '우보익생만허공(雨寶益生滿虛空) 중생수기득이익(衆生受器得利益)'이란 글귀가 있다.

생을 이롭게 하는 보배비가 허공에 가득 차도 자기 그릇만큼만 가져간다는 뜻인데, 그것도 모르고 살았다는 후회가 든다.

6

이제 팔순을 맞은 나 자신을 용서하는 게 바로 내가 할 수 있는 유일한 선물이리라.

요즘에서야, 아침에 눈을 뜰 때, 그리고 또 하루를 마치고 잠자리에 들 때면 그동안 살아오느라고 애썼다, 혹시라도 남에게 폐가 될까 미처 돌아보지 못하였던 나에게, 예쁘다고, 사랑한다고 말 한마디도 할 줄 몰랐던 자신에게 용서를 빈다.

살기 위해 그토록 모질게 살아온 나에게, 때로는 자신을 스스로 아프게 한 내 삶을 미워하는 동안 내 마음의 잿빛 하늘엔 사랑의 구름 한 점 뜨지 않아 몹시 괴로웠던 나 자신에게, 가족을 믿고 의지해온 나 자신을 위해서, 이제는 나를 낳아주신 부모님과 형제들 그리고 나를 도와준 모든 이들에게 감사하는 마음을 담아서 이렇게 단편소설집으로 대신하는 내 마음을 나 자신에게 전하고 싶다.

이명신, 이 마음의 단편소설집을 선물로 받아주겠니!

2026년 3월
이명신

차 례

목걸이

시도 때도 없이 남편과 말다툼했지만 항상 자기 말만 옳다는 억지에 더 이상 참을 수가 없었다. 일년이 다 되도록 각방을 쓰면서도 언젠가는 좋아지겠지 막연히 기대했으나 그에 그치고 말았다. 하지만 조금이라도 잘못했다고 인정만 한다면 한 번 더 속는 셈 치고 화해했을 것이다.

남편은 잘못했다고 반성하기는커녕 나로 인해 집안이 평화롭지 못하고 아이들까지 밖으로만 나도니 더 고집부리지 말고 고개숙이고 용서받으라는 것이었다.

"그래요! 아직 반성도 안 하고 그렇게 억지를 쓰면 못살지요. 누가 누구에게 용서받으라는 거죠?"

너무 분해 벌벌 떨리는 가슴을 손으로 누르며 남편에게 쏘아붙였다.

"뭐야, 못살아. 그러면 어떻게 하겠다는 거야!"

남편은 집안이 떠날 듯 소리치곤, 갑자기 표정을 바꾸어 살기가 등등해진 눈초리로 나를 노려보았다. 말해서 안 통하면 꼭 잡아먹을 듯이 노려보는 게 남편의 습성이었다.

"그래요, 그렇게 노려보면 어떻게 할 거예요. 난 당신하고 말싸움할 생각도 없어요. 이제 우리 그만 살고 이혼해요. 이혼 안 해주면 내가 나가버리겠어요!"

정말 이렇게 감정을 자제하지 못하고 원수지간처럼 지내느니 어디론가 훌쩍 떠나가고픈 생각이 간절했지만 아이들 때문에 참고 또 참았다.

그러나 이제는 아니라는 확신이 선 것이다. 지금 떠나면 이제껏 지키며 살아온 모든 생활이 다 없어지고 더 험한 세상이 온다 해도 두려울 게 없었다.

"뭐, 이혼! 누구 마음대로 이혼해! 이년이 미쳤구먼. 그래! 보험설계사 하다 바람나 이혼했다는 소리 듣는 것보다는 차라리 내 손에 죽는 게 낫겠다!"

말도 끝내기 전에 남편은 두 손으로 내 목을 조르고 있었다. 목이 잘릴 듯한 압박감이 발끝까지 내려오더니 어느새 전신이 굳어져서 숨을 쉴 수가 없었다. 손으로 남편을 밀어내려 했지만 이미 힘이 빠져 손가락 하나 움직여지지 않았다.

다리를 버둥거려 살려달라는 애원이라도 해보려 했지만 하체도 내 것이 아닌 듯 움직여지지 않았다. 그래 하루이틀도 아니고 매일 이런 싸움을 하느니 차라리 죽는 게 낫겠다. 모든 것을 포기하자 터질 것 같던 가슴의 압박감도 사라지고 오히려 마음이 편해지고 있었다.

그때 어렴풋이 작은아들이 방으로 들어와 남편을 잡아당기는 게 보였다. 그리고 그 후로 어떻게 되었는지 전혀 생각이 나지 않았다.

내가 정신을 차렸을 때 남편 앞에는 두 아들이 앉아 있었다.

"엄마가 저렇게 막무가내니, 너희들은 어떻게 했으면 좋겠니?"

아주 근엄한 목소리로 지원을 청하듯 남편은 말했다.

"지금 상태로는 아무것도 되는 게 없어요. 당분간 별거하세요!"

큰 녀석보다 작은 녀석이 당돌하게 말했다. 그 말을 들은 남편은 어처구니가 없는지 멍하니 허공만 바라보다가 "너도 그래?" 하고 큰 녀석을 바라보았지만, 큰 녀석 역시 고개를 숙인 채 "예." 하고 대답했다.

한동안 나의 앙칼진 목소리와 남편의 고함으로 떠나갈 듯하던 집안이 지금은 천장이 무너질 것 같은 적막감에 싸여 있었다.

나는 눈 한번 깜박하지 않고 남편의 행동을 주시했다. 장대같이 다 큰 아들 두 녀석도 마른입에 침만 꿀꺽 삼키며 아버지의 결단을 기다리고 있었다. 거실에 있는 텔레비전만 안방에서 무슨 일이 일어나든 상관없다는 듯이 시끄럽게 폭소를 자아내기도 하고 때로는 조용하게 두런거리기만 했다.

"그래! 너희들 의견이 그렇다면 내가 나가마. 엄마가 있어야 너희들이 편할 테니까."

한동안 정적이 감돌고 남편은 아이들을 쳐다보며 결심을 굳힌 듯 굳게 다물었던 입을 열었다. 그리고

14

주저 없이 장롱에서 여행용 가방을 꺼내 와이셔츠와 양복을 담기 시작했다.

어쩌면 이때쯤 아이들이 달려들어 말려줄 것 같은데 오히려 그들의 눈빛은 나보다 더 냉랭했다. 전후야 어떻든 남편이 나를 죽여 버리겠다고 목을 조르는 것을 보았기 때문일 것이다.

사실 남편은 폐인이나 다름없이 자포자기에 빠져 삶의 의욕마저 잃어가고 있었다. 격일제로 아파트에 출근해 자기 용돈 정도에 불과한 월급으로 술 마시는 게 일과였다.

물론 처음부터 그런 게 아니라 내가 5년 전 보험회사를 다니게 되어 돈을 벌기 시작하면서였다. 나는 어디까지나 살림에 보탬이 되어 남편의 짐을 덜어주기 위한 것이었지만 오히려 그것은 남편의 자존심을 건드리는 일이 되고 말았다.

몇 달 안 되었는데도 보험설계사의 수입이 남편의 월급과는 비교가 안 될 만큼 많았기 때문이었다. 그 반면에 그만큼 회사의 일이 많아져 집안일에 소홀해지자, 돈 좀 번다고 그것을 핑계로 밖으로만 나돈다고 생각한 남편은 사사건건 문제로 삼아 나에게 공박을 주기 시작했다.

조금 늦게 들어오면 뭐 하고 이제 들어오는 거냐고 따지며 의심의 눈으로 나를 쳐다보다 차려 준 밥상을 엎어버리기 일쑤고, 새 옷을 사 입으면 어떤 놈에게 잘 보이려고 그렇게 좋은 옷을 입었냐고 찢어버릴 듯이 달려들기도 했다.

사정이야 어떻든 내 맘대로 돈을 쓴 게 잘못이라 생각하고 남편이 이해해 주기를 바랐지만, 남편은 이해하기보다는 더욱 의기가 양양해서 조목조목 따져가며 행실이 어떻고 정신상태가 어떻고 하다못해 잠을 잘 때 코 고는 것까지 트집을 잡았다. 그때야 남편의 의도가 다른 데 있지 않나 하는 생각을 하게 되었다.

남편을 알게 된 것은 열여덟 살 때였다. 그때 남편은 우리 마을 앞산 아래 주둔하고 있는 부대의 일등병이었는데 맑은 눈동자에 유머 있는 말투로 말을 건넬 때면 나의 모든 것이 그에게로 빠져드는 그런 느낌 때문에 내가 더 적극적으로 좋아하게 되었다.

그는 이제껏 고아나 다름없이 세상을 떠돌다 군에 입대했기 때문에 면회 오는 사람이 한 사람도 없다며 시간이 있으면 가끔 면회라도 와 달라는 말로 더욱 나의 마음을 사로잡았다.

군인들 대부분이 자기 집이 부자라는 말은 해도 자신이 아무것도 가진 게 없는 고아나 다름없다고 말을 하는 사람은 없었다. 처음에는 그냥 해보는 말이려니 했지만 사실이 그러했다. 그의 어머니는 충청도 첩첩산중 골짜기에 너와집 같은 다 쓰러져 가는 움막에 살고 있었다.

그 현실을 보고 이 남자는 내가 아니면 돌봐 줄 사람이 없다는 책임감과 동정심이 어우러져 더욱 그를 사랑하게 되었다. 친구들은 너 혹시 정신 나간 거 아니냐고, 배운 것도 없고 가진 것도 없는 그런 사람에게 왜 연연하냐고 걱정했지만, 나는 그게 무슨 상관이냐고 도리어 나무라며 서로 사랑하면 그만이지 그까짓 돈 암만 있으면 뭐 하냐고, 설마 산 입에 거미줄 치겠냐고 했다.

그러나 막상 그가 제대한 후 부모님께 결혼승낙을 받으려 했지만 그이한테는 단칸방 하나 얻을 돈마저도 없었다. 역시 사랑을 이어 나가기 위해서는 돈이 필요했다.

결국 우리는 잠시 헤어지고 그는 큰돈을 벌어오겠다며 원양어선을 타고 태평양으로 떠나갔다.

내 마음을 모르는 부모님의 시집가라는 잔소리에 막냇동생을 데리고 서울로 왔다. 마침 남동생이 초등학교를 졸업하고 서울에 있는 K 중학교에 합격했기 때문에 같이 자취한다는 핑계였다.

동생이 3학년이 되어 고등학교 입시 공부에 한창이던 여름이었다. 저녁에 동생이 집에서는 집중이 안 된다며 독서실에 나간 사이에 초등학교 남자 동창생이 찾아왔다.

서울에 왔다가 어떻게 지내는지 궁금해서 잠시 들렸다는 것이었다. 한마을 아래윗집 사이에서 흉허물 없이 같이 자란 친구이자 동창이기에 반가운 마음에 저녁을 차려 주고 반주로 소주도 한 잔 따라 주었다.

동창은 어떻게 자기 혼자 술을 마시냐고 대뜸 나에게도 한잔을 권했다. 처음에는 술을 못 먹는다고 사양했지만 집요한 동창의 권유에 못 이겨 마지못해 한 잔 두 잔 받아먹다 보니 나도 모르게 취기가 오르자 이상하게 동창의 몸에서 풍기는 체취가 꼭 그이 냄새 같아 나도 모르게 자꾸만 다가가 냄새를 확인하려 했다.

그런데 동창의 목소리까지 다정다감하니 그이의 목소리로 변해 귓전을 두드려 나를 혼란하게 했다. 오래간만에 느끼는 그이의 체취와 다정한 목소리에 젖어 나도 모르게 그의 품에 안기고 말았다. 더군다나 한여름의 얇은 옷은 있으나 마나이었기에 서로 자제력을 잃어버린 것이었다.

얼떨결에 한 번 실수 한 것이 계기가 되어 가끔 동창이 찾아왔다. 그래서는 안 된다고 생각하면서도 동창의 품에 안겨있던 그 어느 날 누군가 문을 두드리는 소리에 정신이 번쩍 들어 일어나 동생이 집에 볼일이 있어 온 것 같아 부엌문을 열고 동생이 들어오기만 기다렸다.

그러나 동생은 들어오지 않고 누군가 문 앞에 떡 버티고 서있는 게 보였다. "누구세요?" 하고 고개를 내밀어 쳐다보는 순간 숨이 멈추고 전신이 그대로 굳어진 듯했다.

태평양에 있어야 할 그이가 싱글벙글 미소를 지으며 나를 바라보고 있었다. 나는 너무 놀라 석고상처럼 온몸이 굳어져 꼿꼿하게 선 채 그냥 그를 바라보앉다. 다리는 벌벌 떨리고 가슴은 오방난장을 쳤다. 무슨 말이라도 해야 할 텐데 어찌 된 일인지 입술마저 굳어져 움직이지 않았다.

"왜 그래 나야! 나! 갑자기 나타나서 너무 감격한 거야? 내가 그럴 줄 알고 일부러 연락을 안 했지. 그래 그동안 잘 있었어?"

그는 나의 얼굴에서 시선을 떼지 않고 자랑이라도 하듯 들뜬 목소리로 말하며 들고 있던 가방을 땅바닥에 놓고 나를 끌어안으려고 두 팔을 벌렸다.

"야! 재숙아, 누가 왔니?"

그때 동창이 방문을 열고 고개를 내밀며 말했다. 그 순간 그는 마치 들판의 허수아비처럼 두 팔을 벌린 채 방문 쪽을 바라보고 있었다. 그때야 나는 "아, 초등학교 동창이에요. 뭘 해요. 들어오시지 않고."

비로소 정신을 차린 내가 벌리고 서 있는 그의 두 팔을 양손으로 잡아 내리며 살며시 잡아당겼다. 그이도 그제야 나의 뒤를 따라 방 안으로 들어섰지만 다시금 장승처럼 우뚝 서서 움직일 줄 몰랐다. 그이의 눈은 예리했다. 아니 예리하지 않은 사람이라도 그쯤은 다 알아차렸을 것이다.

당황해서 어쩔 줄 모르는 내 행동과 동창생의 계면쩍어하는 표정, 아무리 둔한 사람이라도 어떤 상황이었는지 불 보듯 뻔하게 보였을 것이다. 그때 나의 심정은 어떻게 표현할 수가 없었고 단지 연기가 되어 흔적도 없이 허공으로 사라지고 싶은 심정이었다.

동창은 상황이 심각하게 돌아가고 있다는 것을 알고 어눌한 목소리로 "나, 갈게……" 하더니 어느새 사라지고 말았다. 나는 구차하게 변명하고 싶지 않았다. 하기야 지금의 상황에서 무슨 말인들 소용이 되겠는가. 그날 밤 우리는 아무 말 없이 앉아서 밤을 새웠다.

날이 어슴푸레하게 밝아 오는 새벽녘에 동생이 왔다. 동생은 영문도 모른 채 그를 보자 반가워했다. 그가 군인이었을 때 몇 번 보았기 때문에 잘 알고 있었다. 그도 아무 일 없는 듯 동생을 반겨 주고 내가 차려 준 아침상 앞에 마주 앉았다. 그는 몇 숟갈 뜨는 것처럼 하더니 기차 시간 늦기 전에 가봐야겠다며 일어났다.

그러고는 처음으로 미소를 지으며 우리가 비록 헤어지지만 좋은 추억만은 잊지 말자며 손을 내밀어

악수를 청했다. 나도 담담한 마음으로 그의 손을 잡았다. 그의 따스한 손이 바르르 떨리고 있었다.

그가 문을 열고 "잘 있어" 하고 나갈 때까지도 그냥 덤덤했지만 막상 그가 보이지 않자 내가 이제껏 쌓아 놓은 사랑이 너무나 허무하게 무너지는 것 같아 마음을 가눌 수가 없었다. 비록 내가 잘못하기는 했지만 나의 사랑은 전혀 변함이 없다는 것을 고백하지 못한 나 자신이 싫었다.

이제 아무런 희망도 없이 이렇게 추한 추억만 남겨 놓을 바에는 차라리 죽는 게 낫다는 생각이 들었다. 마침 며칠 전에 반장이 매월 15일이 쥐약 놓는 날이라고 쥐약 두 병을 놓고 간 게 생각났다.

나는 조금도 주저하지 않고 찬장 위에 얹어 놓은 쥐약 한 병을 단숨에 마셨다. 그리고 두 번째 병마개를 돌리는 순간 죽기 위해 먹어야 한다는 생각보다는, 이미 쥐약을 먹었으니 죽는다는 두려움이 앞섰다. 그 순간 '웩' 하고 마셔버린 쥐약이 목구멍으로 넘어오려 했지만 어쩐 일인지 한 모금도 넘어오지 않고 숨이 막혀 부엌 바닥에 그대로 엎어지고 말았다.

갑작스러운 상황을 바라본 동생이 밖으로 뛰어나가 그를 부르는 소리가 들렸다. 잠시 후 그가 부엌으로 들어오다 부엌 바닥에 나뒹구는 쥐약 병을 보고는 깜짝 놀라 나를 들쳐 업고 무작정 뛰어 인근 병원으로 갔다. 다행히 많이 마시지 않아 위세척으로 위험한 순간을 모면했다.

그때 나는 그로부터 약간의 면죄부를 받은 것 같은 기분에 조금은 마음이 홀가분했다. 하지만 그는 안절부절 어쩔 줄을 몰랐다. 떠나고는 싶은데 떠나갔다가는 내가 또 죽으려고 하지나 않을까 하는 우려와 그냥 있자니 동창 얼굴이 아른거렸는지도 모른다. 그래도 나는 그를 그냥 보내고 싶지는 않았다. 어찌 보면 가증스러울지 몰라도 그에게 용서받고 싶었다. 그만큼 나는 그를 사랑하고 있었다.

"너무 그렇게 불안하게 생각하지 마세요. 제 욕심인지는 모르지만 우리 집에 같이 가요. 그리고 우리 부모님께 말씀드려 결혼 승낙받으면 제가 남은 목숨 다할 때까지 당신만을 위해 살게요. 만약 거절당하면 싫으시다면 당신한테 연연하지 않고 살 테니 그때는 당신도 가볍게 떠나세요."

내가 할 수 있는 말은 그게 전부였다.

결국 아버지의 승낙을 받아 나의 뜻대로 그를 내 곁에 붙들어 두는 데 성공했기에 그만큼 행복하리라 믿었지만 그것은 너무 큰 오산이었다. 그가 원양어선을 타고 벌어 온 얼마 안 되는 돈으로 결혼식을 올리기는 했지만 앞으로 어떻게 살아갈지 막막하기만 했다. 다행히 남편은 아파트 경비로 취직해 얼마 안 되는 월급이지만 생활을 할 수 있었다.

그러나 아이들이 커가자 쪼들리기 시작했다. 그래서 내가 집에서 부업한다든가 서울 근교 밭에 나가 품팔이로 보태야 할 정도였다.

그래도 사람 사는 게 그러려니 하고 힘들지만 오로지 남편과 함께 있는 것으로 만족했고, 밤잠 못 자면서 아파트 경비 서는 게 안타깝게 생각되어 밤샘하고 새벽에 들어오면 세숫대야에 더운물을 담아 발을 씻어 주기도 했다. 그러나 지금 그는 그런 것은 다 잊어버리고 오로지 나의 일거수일투족만 주시하고 있다.

내가 보험설계사를 시작하게 된 것은 우리가 세 들어 살던 건넌방 새댁이 권해서였다. 아줌마처럼 고운 얼굴에 뭐 할 게 없어서 그 힘든 밭일을 다니느냐고 위로 해주며, 자기가 다니는 보험회사의 보험설계사를 해보라고 했다.

새댁의 말대로 보험설계사만 하면 지금보다 훨씬 많은 돈을 벌 수 있다는 말을 남편에게 했지만 남편은 보험회사만큼은 절대로 안 된다는 것이었다. 자기가 아는 몇몇 사람이 보험설계사를 하는 데 행실이 나쁘다는 이유였다.

하지만 그것이 사람 나름이지 모두가 그런 건 아니라고, 새댁이 남편을 설득한 끝에 승낙받아 보험설계사를 시작했는데 뜻밖에 수입이 좋았다. 아니 진작 왜 이런 걸 몰랐나 후회가 될 정도였다. 그런 데다가 평수는 작지만 아파트까지 당첨되어 내 집으로 이사하고 나니 마음에 여유도 생겼다.

그동안 쪼들리며 사느라고 곁눈질 한번 못 해본 아쉬움이 내 곁에 있다는 것도 알게 되었다. 사람이 간사한 것인지 돈이 간사한 것인지 모르지만 동료 설계사들이 좋은 옷으로 치장하고 품위를 세우는 것이 부러워 나도 모르게 따라 하기 시작했다.

사실 여러 사람을 상대하는 보험설계사는 옷차림

을 품위 있게 입는 것이 유리하게 작용하였으므로 별 부담을 느끼지 않았다. 그리고 한동안 잊고 살았던 친구들 모임이나 동창회에 나가 나는 아직 죽지 않고 이렇게 건재하다고 보여 주고 싶었다.

친구들은 하나같이 겉으로는 나를 반겨주었고 그동안의 고생도 위로해 주었지만, 한편으로는 자신들의 월등함을 은근히 과시하곤 했다. 오래간만이어서 그런지 눈가에 주름이 많다는 등, 예전에도 코가 작았냐며 관심 있는 척하면서 은근히 부유한 티를 냈다.

사실 친구들의 말이 맞기도 했다. 그동안 고생이 심해 얼굴에 주름살이 많기도 했고 관리를 하지 못해 거뭇해진 피부에 그렇지 않아도 작던 코가 더 작게 보일 수도 있다는 생각이 들기도 했지만, 노골적인 친구들의 말은 여간 섭섭한 게 아니었다.

전 같으면 못 들은 척했을 테지만 지금은 그들에게 조금도 지고 싶지 않은 오기가 발동해 무리가 되었지만 성형수술도 했다.

남편에게 나의 분한 마음을 말하고 승낙받을까도 생각해 봤지만 그만한 돈이면 남편의 몇 달 치 월급이었다. 돈도 돈이지만 그의 완고한 성격에 승낙할 리가 만무하다. 눈 쌍꺼풀을 하면서 눈가에 주름살도 제거하고 내친김에 콧등도 조금 높였다.

나의 과감한 행동에 남편은 어처구니가 없는지 실실 웃다가 태도가 급변했다.

"어떤 놈한테 잘 보이려고 그래. 이게 밖으로 나돌더니 미쳐도 단단히 미쳤구먼."

남편은 더 할 말을 못 해 속이 터진다는 듯 가슴을 두드리며 방문을 박차고 나가 술이 거나하게 취해 들어와 거실에서 골아떨어져 나는 변명 한마디도 못하고 말았다.

나는 어쩌면 보험에 천부적인 소질을 타고난 것인지 다른 사람에 비해 월등하게 날로 수입이 좋아지고 있는 반면, 남편의 시선은 더욱 차가워졌다.

소형 승용차를 살 때만 해도 집에 승용차 한 대 있는 게 좋겠다고 하던 사람이, 중형차로 바꾸자 도대체 우리 집에 이런 고급차가 왜 있냐고 인사불성이 되도록 술을 마시고 온 집안이 떠나갈 듯 소리치는 바람에 아래윗집에서 항의가 빗발치기도 했다.

남편 말이 틀린 말은 아니지만, 해도 너무 한 것

같아 나도 같이 대들었다

"다른 사람은 아내를 위해 빚을 내서라도 차를 사준다는데 당신은 사주지는 못할망정 내가 벌어서 내가 산 걸 가지고 뭘 그렇게 야단이에요."

사실 친구들 모임이나 동창회에 가보면 모두가 중형차 이상이지 나처럼 소형차를 타고 오는 사람이 없어 은근히 주눅 들고는 했었다. 그래서 큰맘 먹고 큰 차를 샀지만 남편한테는 미안한 마음으로 꽉 차 있었다. 그런 마음도 몰라주고 나무라기만 하는 남편이 야속하기만 했다.

남편이 호통을 치며 화를 낸 게 이번뿐만이 아니다. 내가 코 높이고 눈 쌍꺼풀 수술하고부터 사사건건 시비를 걸었다. 하다못해 숟가락을 하나 사 들고 와도 그건 "어떤 놈이 사준 거야"하고 비아냥거리는 투로 말하곤 했다.

그래도 내 나름대로 열심히 돈 벌어 업신여김 당하지 않게 살아보려고 했는데, 남편이란 사람이 수고했다는 말 한마디 안 하고 무슨 트집이든 잡아 사람 속을 긁어대며 이상한 눈초리로 쳐다봐 항상 나를 불안하게 했다.

사람은 큰물에서 놀아야 한다는 말이 맞는 것 같다. 내 거래처 회장·사장·부장·과장 하다못해 회사 직원들과 대화하다보면 넉넉한 웃음으로 이해해 주고 격려를 아끼지 않는데, 이제껏 살을 맞대고 살아온 사람이 실눈을 치뜨고 무슨 꼬투리가 없는가 하고 째려보니 남편이 야속하기에 앞서 살이 떨렸다.

　아파트 경비로 다람쥐 쳇바퀴 도는 생활을 하다 보니 그런 것이 아닌가 하는 안쓰러움에 남편을 이해하려 했지만, 왠지 남편은 나에게서 자꾸만 멀어지고 있었다. 멀어지고만 있는 게 아니라 나를 보이지 않는 어떤 나락으로 몰아넣으려고 기회만 엿보는 것 같았다.

　나는 자식들을 위해 참아야 한다고 하루에 몇 번씩 다짐을 했지만 결국 피해서만 될 일이 아니라는 걸 남편의 말 속에서 찾았다. 친정어머니가 감기로 고생하고 계신다고 해서 친정에 다녀온 날이었다.

　"당신, 도대체 뭐 하는 사람이야?"

　남편이 살벌하게 눈을 치뜨고 무슨 결판이라도 낼 것처럼 노려보며 하는 말이었다.

　"뭐 하는 사람이라니요? 나는 친정에 갔다 오면

안 되는 거예요?"

나도 오기가 발동해 눈을 치켜들고 대들었다.

"이게 뭘 잘했다고 주둥아릴 나불거려. 잘못했으면 잘못했다고 할 것이지."

남편은 금방 후려칠 듯 주먹을 불끈 쥐고 나를 노려보았다.

"그렇게 때리고 싶으면 때려 봐요!"

"그럼 아무 잘못도 없단 말야?"

"내가 장모님한테 전화했더니 아침 8시에 출발했다는데, 지금 몇 시야! 밤 9시잖아. 그래도 할 말이 있단 말야?"

남편은 이때다 싶어 일그러진 인상을 쓰며 나를 공박했다. 사실 내가 너무 늦긴 늦었지만 길이 막혀 빠른 길로 간다고 농로로 접어들었는데 그날따라 레미콘이 논두렁에 빠져 길을 막고 있었다.

그런 데다 뒤에서는 차들이 계속 밀려와 빼도 박도 못하는 처지였다. 무한정 기다린 끝에 크레인 차가 반대편으로 와 끌어내어 간신히 집에 온 것을 남편은 나를 이상한 눈으로 바라보고 있었다.

이번 일이 처음은 아니다. 내가 조금만 옷치장을

잘하고 나간다거나 저녁에 늦게 들어오는 날이면 여지없이 눈을 부라리고 벌레 씹은 표정을 지었다.

그래도 내가 참아야지 하고 나의 서운한 감정을 달래고 있는데, 남편은 이번에 기회를 잡았다고 느꼈는지 폭탄 같은 말을 퍼부었다.

"나는 그래도 예전에 당신 동창을 보고서도 모르는 척 당신만을 위해 지금껏 살아왔는데 당신이 돈 좀 많이 번다고 이렇게 남편을 무시해도 되는 거야?"

나는 동창이란 말을 듣는 순간 그때의 부끄러움과 황당했던 그 순간이 지금 당장 일어난 것 같아 정신이 혼미해지고 전신에 힘이 풍선 바람 빠지듯 빠져나가 나도 모르게 털썩 주저앉았다.

나는 그 일이 꿈속에서 있었던 일이라 잠에서 깨어나면 그만이려니 했다. 아니 그만큼 아주 깊이 묻어두고 싶었다. 그랬다. 이유야 어떻든 그 말만은 하지 말아야 했다. 이제껏 나는 그 말을 안 들으려고 그 어떤 일이든 참으며 살아왔다.

그런데 막상 노점상인의 값싼 넋두리처럼 쉽게 내뱉는 남편의 목소리에 오히려 내가 왜 그 옛일에 그토록 집착했는지 의구심이 생길 정도였다.

이제 갈 데까지 다 간 것이다. 더 이상 무엇을 믿고 남편을 의지할 수 있겠는가. 그토록 감추고 싶었던 아픈 상처마저 무기처럼 꺼내 드는 남편 앞에서는 단 일 초도 숨쉬기조차 싫었다. 이제 서로 간의 신뢰가 모두 무너져버린 것이다.

남편이 나가고 없는 집안은 텅 빈 공간처럼 적막하고 허전했다. 집에만 들어가면 긴장감에 싸여 보이지 않는 샅바를 놓칠세라 서로 잡아당기던 날들이 없어지고 나니 어느 한 곳이 허물어진 듯 공허함마저 느껴졌다.

그러나 며칠 지나는 사이 환경에 적응하는 피식자들처럼 나도 모르게 보호색으로 치장하고 있었다. 이렇다고 할 잔소리도, 늦으나 이르나 눈치 볼 일도 없고, 특별하게 반찬 만들 일도, 일일이 와이셔츠 다림질하는 일도 없었다.

또한 매일 정신적으로 남편한테 얽매여 나는 없고, 남편의 식구들과 친척들 그리고 남편의 성을 가진 자식들 틈바구니에 항상 나 혼자 어눌하게 있어야 했던 내가 어느새 나만의 해방감으로 충만해지고 있었다. 나만을 위해 새롭게 살아갈 새로운 세상이 보이기 시작한 것이다.

그러나 남편은 나만의 행복을 찾아가게 가만히 보고만 있지 않았다. 집 나간 지 한 달이 조금 지나서부터 아무 예고도 없이 모두 잠들어 있는 한밤중에 살며시 현관문을 열고 들어와 방문 앞에 서서 나를 노려보곤 했다.

어쩌다 잠이 깨어 어슴푸레하게 서 있는 남편의 시퍼런 눈동자를 볼 때는 너무 놀라 전신이 굳어져 숨도 쉬지 못할 정도였다. 그래도 겉으로는 입술을 꼭 깨물고 무심한 척 했지만 가슴은 마구 다듬이질하듯 콩닥거렸다.

그것뿐이 아니었다. 어떤 때는 아주 이성을 잃어버린 사람처럼 술에 취해 몸도 제대로 가누지 못하며 안방 문기둥을 잡고 씩씩거리며, "너무 그러지 마, 강하면 부러져!" 하고 뽀드득 소리가 나도록 이를 갈며 나를 노려볼 때는 꼭 무슨 일을 낼 것만 같았다.

그런 일이 있을 때마다 남편이 내 목을 졸라 발버둥 치는 현실 같은 꿈을 꾸었다. 그런 날은 전신이 땀으로 흠뻑 젖고 온몸에 힘이 빠져 아무 일도 할 수 없었다. 그렇다고 현관문 자물통을 바꾸자니 아이들한테 눈치가 보이고, 안방 문을 잠그고 자자니 남편을 무서워하는 것 같아 나 자신이 너무 초라했다.

차라리 내가 집을 나갔더라면 마음이나 편했을 텐데 남편이 먼저 선수를 쳐 나간 것은 어찌 보면 나를 말려 죽이기 위한 수단이었는지도 모른다는 생각이 들었다.

이대로는 안 된다. 허구한 날 이렇게 불안하게 지낼 수는 없다. 나는 이미 이십 년 전에 쥐약을 먹고 죽어야 했을 몸, 죽는 게 두려울 건 없다. 어디 한번 해보자. 네가 죽든 내가 죽든. 나는 참을 수 없는 분노가 치밀었다. 어떤 방법이든 그에 상응하는 방법으로 대처해야만 속이 풀릴 것 같았다.

생각 끝에 어렸을 적 할머니가 들려준 옛날이야기가 기억났다. 그것이 어떤 효험이 있든 없든 그것이 문제가 아니었다. 지금 분을 삭일 수 있는 것이라면 뭐든지 하고 싶기 때문이었다.

남편의 속옷 한 벌, 겉옷 한 벌, 그리고 제사 지낼 때 입는 두루마기까지 싸서 가축 시장으로 갔다. 거기서 작은 고양이 새끼 한 마리를 산 다음 그냥 핸들

잡히는 대로 마구 달렸다.

가슴이 마구 뛰고 누군가 뒤를 쫓아오는 것 같아 백미러로 뒤를 연신 훔쳐보았다. 그러고는 혼자 히죽 웃었다. 도대체 누가 나를 따라온단 말인가? 내가 무슨 일을 저지른 것도 아닌데.

경황없이 중얼거리며 서너 시간을 그렇게 달리다 어느 한적한 야산 굽잇길 모퉁이에서 차를 멈췄다. 주위를 돌아보아도 사람이라고는 찾아볼 수도 없고 지나가는 차도 없었다.

나는 잠시 망설였지만 결심했다. 우선 고양이 새끼를 남편의 옷으로 감싸 다시 흐트러지지 않게 보자기에 꼭 싸매었다. 고양이 새끼가 숨이 막히는지 연신 버르적거리며 야옹야옹 쉬지 않고 소리를 낸다.

애절한 고양이 소리가 전신으로 스며들어 소름이 돋고 전신이 움츠러드는 것 같아 몸 사레를 치면서도 미친 듯이 산으로 올랐다. 숨이 목젖까지 치밀어 나도 모르게 펄썩 주저앉았다.

잠시 숨을 고르며 주위를 살펴보았다. 마침 서너 발짝 앞에 얕은 구덩이가 보였다. 더 이상 주저하지도 않고 구덩이를 손으로 마구 파내고 고양이가 버르적거리는 보따리를 팽개치듯 처넣었다.

그러고는 보따리가 튀어나오기라도 할 것 같아 얼른 손으로 흙을 쓸어 구덩이에 묻기 시작했다. 고양이 울음소리가 처음에는 악을 쓰듯 들리더니 차츰 애처롭게 들리며 작아지고 있었다.

나는 입을 악물고 고양이 울음소리가 들리지 않을 때까지 흙을 쓸어 묻다가 그것도 모자라 주위를 돌아다니며 큰 돌까지 들어다 구덩이를 덮어버렸다.

후들거리는 다리를 가까스로 끌고 산에서 내려와 자동차 핸들 앞에 앉았을 때는 전신이 땀으로 흠뻑 젖어 마치 물에 빠진 사람 같았다. 아직도 고양이 울음소리가 뇌리에 남아 애처롭게 들리는 것 같았다.

자제할 수 없이 마구 떨리는 손으로 대충 얼굴의 땀을 훔치고 시동을 걸었다. 고양이 소리가 따라오는 것 같아 뒤도 돌아보지 않고 마구 달렸다. 차창으로 스며드는 바람 소리가 으스스한 할머니의 옛날이야기 소리처럼 들렸다.

'고양이는 영물이라서 사람 체취가 묻은 옷을 입고 죽으면 다시 사람으로 태어나고 그 대신 그 옷 임자는 죽는단다. 그래서 옛날에는 고양이를 집안에서 기

르지 않았단다.'

그해 가을 어느 아침 남편한테서 전화가 왔다.

"나야, 집에 있었구먼. 힘들더라도 내일 할아버지 제사 준비 좀 해줘야겠어."

남편은 제법 무게 있게 말했다. 언제부터 자기가 그렇게 점잖았던가 싶어 속에 있는 뱃이 울컥 치밀었다.

"뭐라고요? 내가 당신이 싫어서 이혼하려 하는 판에 제사는 무슨 놈의 제사요, 당신 조상이니 당신이 차리구려. 나는 가래침 내뱉듯 쏘아붙이고는 수화기를 놓아버렸다. 속이 후련했다. 항상 당하고만 살다가 이제야 시원히 말 한번 잘한 것 같았다.

남편에게 제삿날은 절대적인 날이었다. 최대한 점잖게 품위를 유지하며 동생들과 자식들 그리고 동서들에게까지 장손으로서의 권위를 세웠다. 나는 제사를 핑계 삼아 거들먹거리는 그 행동 자체가 싫어 친정으로 갔다.

처음에는 어머니가 무슨 일이냐고 묻기에 그냥 집에 오고 싶어서 왔다고 얼버무렸지만 남편이 화가난 큰 목소리로 계집년이 제사 준비도 안 하고 친정

에는 왜 가있느냐고 전화로 호통치는 바람에 들통이
나고 말았다. 어머니가 수화기에서 흘러나오는 소리
를 들은 것이었다.

사정이야 어찌 되었든 여자가 남편 쫓아내고 제사
상 차리기 싫어서 친정으로 온다는 게 말이 되느냐
는 것이다. 그렇게 말하는 어머니가 너무 야속했다.

내가 남편의 의처증에 시달리며 이제껏 노예처럼
살아온 걸 말하려 했지만 들어보려 하지도 않고 막
무가내로 집으로 들어가 제사 준비를 해야 한단다.

역시 노인네의 완고한 고집은 어쩔 수가 없었다.
내가 친정으로 피신한 것은 어디서 자고 왔느냐고
없는 말 있는 말 다 만들어 공박할 것이 뻔했기 때문
이었다.

다음날 남편이 뭐라고 큰소리라도 치면 지금까지
쌓인 한을 다 풀어버리려고 별렀지만 나의 기미를
알아차렸는지 아무 말도 없었다. 그가 한 말이 있다
면 전에도 가끔 말했던 것처럼 "너무 그러지 마, 강
하면 부러져." 하는 게 고작이었다.

나는 그 말이 왠지 석연치 않은 두려움으로 와 닿
았다. 그때의 남편 표정이 어떤 결의에 찬 그런 느낌

을 받았기 때문이었다. 이런 상태로 남편을 집에 드나들게 한다는 것은 서로 간에 큰 불행이 닥칠 수 있다는 느낌이 들어 더 이상 머뭇거릴 필요가 없다는 판단을 했다.

변호사 사무실을 찾아가 서로 간에 이상이 맞지 않아 이혼을 신청한다는 서류를 작성해 법원에 제출했다. 그리고 남편에게 전화했다.

"이혼 서류를 작성해 법원에 제출했어요. 다음 수요일 아침 9시까지 법원에서 만나요. 나도 지금까지 당신에게 희생했으니 당신도 내 실수에 대한 값은 치른 거로 생각해요. 그리고 서로 좋은 낮으로 헤어집시다."

나는 일방적으로 할 말만 하고 전화를 끊었다.

오늘 법원에 출두하는 날이었다. 새벽잠을 설치고 일찍 일어났다. 막상 이혼하게 된다고 생각하니 설레면서도 왠지 마음 한구석은 석연치 않은 아쉬움이 뭉게구름처럼 일었다.

그러나 이제 나만의 홀가분한 세상을 살게 되었다는 해방감이 그런 아쉬움을 털어내는 기분이었다. 아이들을 어떻게 이해시켜야 할지는 다음 문제이고 오늘 남편이 아무 일 없이 참석해 줄 것인가 하는 걱정이 앞서고 있는데 전화벨 소리가 요란하게 울렸다. 깜짝 놀라 전화받을 엄두도 못 내고 물끄러미 전화기만 바라보고 있는데 얼마나 지났을까? 전화벨이 멈췄다.

그러고는 다시 울리기 시작했다. 전화받으려 했지만 왠지 가슴이 두근거리고 전신이 굳어지는 그런 느낌이었다. 내가 무슨 죄를 지은 것도 아닌데 왜 이럴까?

아직도 전화는 아주 악을 쓰듯이 '따르릉, 따르릉' 소리를 질러대고 있었다. 그때 건넌방에서 작은 아이가 문을 열고 "엄마, 전화 안 받아요?" 하고 소리쳤다. 그제야 정신이 들어 얼른 수화기를 집어 들었다.

"여보세요!"

"아, 계셨군요. 아무도 없는 줄 알고 전화를 끊으려 했는데."

"누구신데요?"

투박한 말투로 혼자 중얼거리듯 하는 남자 목소리에 기분이 나빴다.

"아, 여기는 경찰서인데요. 혹시 이만석 씨라고 아

시는지요?"

"경찰서요? 제 남편인데 무슨 일로 ……"

전혀 예상치도 않았던 경찰서란 말에 나는 당황해 말을 제대로 잇지 못했다.

"자세한 것은 본서에 오시면 알게 되니 될 수 있는 대로 **빨리** 나와 주시기 바랍니다."

수화기의 말소리가 무 잘라지듯 끊어지더니 윙 소리만 나고 있었다. 무엇 때문에 남편이 경찰서에 가 있을까. 혹시 싸움을 했나? 아무나하고 싸울 위인이 못 되는데 무슨 사고를 쳤을까? 어쩌면 이혼해 주기 싫으니까 나를 걸어 고소라도 …… 고소, 무엇으로 고소를 한단 말인가. 아무리 생각해도 짐작 가는 데가 없었다.

경찰서 형사과를 찾아간 건 오전 열 시가 조금 넘어서였다. 전화받고 김 형사님을 찾아왔다고 젊은 여직원에게 말하자, 흰머리가 절반은 더 될 듯한 중년의 남자가 구석 쪽 책상 앞에서 일어서며 차가운 눈초리로 나를 훑어보고 있었다.

"아, 그렇지 않아도 기다렸습니다. 이만석 씨 부인이십니까? 잠깐 확인할 게 있어서 나오시라고 했습니다. 저를 따라오시지요."

그는 간단명료하게 자기 말만 하고 앞장서더니 밖으로 나가 현관 앞에 경광등이 번쩍이는 순찰차 뒷문을 열고 타라는 것이었다. 무슨 일인지 물어보고 싶었지만 너무나 차가운 표정에 주눅이 들어 자석에 이끌리듯 그냥 김 형사가 시키는 대로 따랐다. 차가 경찰서를 빠져나와 한참을 달리다 도착한 곳은 서울 근교의 허름한 시립병원이었다.

"마음의 준비는 하십시오. 그러나 아닐 수도 있습니다만, 이만석 씨가 고시원 숙소에서 수면제 과다 복용으로 숨을 거둔 지 이틀 만에 발견되어 이곳에 안치되어 있습니다. 부인께서는 이만석 씨가 맞는지 확인만 해주시면 되는 겁니다."

김 형사는 간단하게 자기 할 말만 하고는 형광등마저 희미한 지하 2층 시신 안치소로 나를 안내했다. 나는 너무나도 황당해 머뭇거렸지만 김 형사는 조금도 주저하지 않고 철문 손잡이를 힘껏 잡아당기고 있었다.

나는 꿈속에서 무슨 말을 하려 해도 말이 안 나와 용쓰는 것처럼 입도 벙긋 못 하고 로봇처럼 열린 철문 안으로 김 형사를 따라 들어갔다. 차가운 공기가 치마 속으로 스며들어 아랫도리에 서늘한 촉감이 감돌아 전신으로 소름이 돋아나고 있었다.

"자, 보시지요. 이분이 이만석 씨 맞습니까?"

김 형사가 하얀 시트로 싸여진 끝부분을 조금 걷어 올리자 시신 얼굴이 나왔다. 희미한 형광등 불빛에 젖어 더욱 창백해 보이지만 눈을 감고 있는 모습은 평온해 보였다.

마치 고요한 잠에 취해 있는 것처럼. 김 형사가 죽었다니까 그냥 죽은 거구나 하는 생각뿐 아무런 감정도 일어나지 않아 그냥 고개만 끄덕였다. 왜 그런지 슬프지도 않고 그렇다고 잘 됐다는 생각도 안 들었다. 그냥 엉켜진 실타래가 풀리지 않은 답답한 그런 심정일 뿐이었다.

다시 경찰서로 돌아와 김 형사가 주는 잡다한 서류에 사인을 하라고 해 무슨 내용이었는지조차 모르면서 시키는 대로만 했다.

모든 절차가 다 끝날 때까지 김 형사는 무언가 찾아내려는 듯한 날카로운 시선으로 나의 손놀림 하나까지 놓치지 않고 훑어보면서 말했다.

"유서가 없어 확실한 자살이라고는 단정하기 어렵지만 감식 결과 수면제 과다 복용이 사인이라고 판명 났습니다. 단 한 가지 의문점이 있다면 목걸이를 손에 꼭 쥐고 있었다는 점입니다. 목걸이가 금이나 은도 아니고 보통 쇠붙이로 만들어진 장난감 같은 조잡한 것인데 말입니다. 혹시 부인께서 이 목걸이를 보신 적 있습니까?"

"아뇨."

나는 김 형사의 시선이 기분 나빠 목걸이를 보기도 전에 대답했다.

그때 김 형사는 손바닥만 한 비닐봉지를 꺼내 들고 있었다. 비닐봉지 안에 든 하얀 목걸이 줄에는 백 원짜리보다 조금 더 큰 하트형의 반쪽 메달이 달려 있었다.

'어떻게 저 목걸이가 ……?'

가슴이 뭉클하게 내려앉는 기분이다. 나는 저 목걸이가 있는 것조차 모르고 살아왔다. 그런데 아직 색깔도 선명하게 비치는 그 목걸이를 지니고 있었다는 게 믿어지지 않았다.

까마득하게 잊혔던 옛날의 하트형 메달을 보는 순

간 현실처럼 추억이 다가왔다. 남편을 알게 된 지 일 년이 거의 다 되어 가던 해였다.

"이거 생일선물이에요. 마음에 드시면 걸고 다니세요."

여자인 내가 사랑의 징표를 준다는 게 약간 쑥스럽기는 했지만 그 당시 한창 유행하던 두 쪽으로 된 하트형 목걸이가 좋아 보여 반쪽은 내가 갖고 반쪽은 그이에게 주었다.

"고마워. 나는 생전 처음 여자한테 선물을 받아보는 거야. 내 마음이 변치 않는 한 영원히 간직할게."

그는 마치 어린아이처럼 즐거운 표정을 지으며 목걸이가 떨어질세라 두 손으로 감쌌다.

그 목걸이가 나를 비웃기라도 하듯 더욱 하얗게 빛나고 있었다.

영평령에 안개가 걷힐 때

아침 햇살이 비친 지도 오래되었지만 커튼으로 드리워진 집안은 어두침침했다. 집안이래야 아홉 평짜리 서민 아파트로 방 하나에 현관 옆으로 붙은 마루 겸 주방이 다였다.

이 작은 공간에 방문을 열어 놓고 현관을 마주 보며 한금숙과 오정미는 주방 쪽으로 기대어 조는 듯 눈을 감은 채 있고, 이관수는 창틀 아래 비스듬히 누워 허공만 바라보고 있었다. 단지 집주인인 송 여사만이 텔레비전 앞에 앉아 천천히 두 손을 놀리며 뜨개질하고 있다.

그들은 오늘 영평령으로 여행을 떠나기 위해 아침부터 이곳에 모였다. 이 씨가 자동차를 빌려서 오기로 되어 있기 때문이다. 벽시계는 열 시를 가리키고 있는데도 벌써 와야 했을 이 씨가 나타나지 않았다. 마음이 조급해진 이들은 더 이상 참지 못하고 각자 소지품을 들고 별말 없이 밖으로 나왔다.

밖은 아직도 몹시 추웠던 지난겨울의 기세가 남아 몸을 움츠리게 했다. 단지 햇빛을 받으며 축대 아래로 늘어진 개나리가 노랗게 피어나고 있었다.

그들은 따사로운 햇볕에 해바라기하듯 축대 아래 나란히 서서 이 씨가 나타나기를 기다렸다.

이 씨는 남대문시장 주차 빌딩 관리인이다. 오늘 아침 당직 교대가 끝나는 대로 차를 빌려서 오기로 했는데, 벌써 와야 할 시간이 지나 한나절이 다 되어 가는데도 나타나지 않았다. 모두 온몸이 축 처져 빤히 내려다보이는 형무소 지붕만 바라다보고 있었다.

사실은 형무소 지붕을 바라보는 것이 아니라 형무소 옆으로 꾸불꾸불 나 있는 길이 그들이 있는 아파트 단지로 올라오는 길이기에 그렇게 아래를 보고 있는 것뿐이었다. 그들은 속절없이 마냥 아래만 내려보다가 다리가 아픈지, 아니면 싫증이 났는지 송 여사만 빼고 누가 먼저랄 것 없이 모두 그 자리에 넋나간 사람들처럼 땅바닥에 털썩 주저앉았다.

"제 엔 장! 이 씨 아 쩌 찌 마 움 변 한 것 아 냐
아?"

이관수가 윗목과 고개를 뒤틀고 목에 핏대를 세우
며 침이 금방 흘러나올 것 같은 입술을 삐죽 내밀고
짜증스럽게 더듬더듬 말했다.

"아냐, 기다려봐 그럴 사람이 아니라는 거 우리가
잘 알잖아!"

한금숙이 이관수를 달래려고 부드러운 목소리로
대꾸했다.

"그래, 조금 더 기다려 보자. 무슨 사정이 있겠지.
그런데 송 여사님, 무얼 그리 쳐다보고 계세요?"

옆에 있던 오정미도 이 씨를 옹호하듯 한마디하다
가 송 여사에게 물었다. 송 여사는 무엇 때문인지 넋
을 잃고 아파트만 올려다보고 있었기 때문이다. 마치
정신을 허공에 띄우고 그 정신을 훨훨 쫓는 양 전신
에 힘을 빼고 곧 뒤로 넘어질 것처럼.

오정미는 자기의 물음에 아무 대꾸도 없이 들은
척 만척하기에 다시 송 여사를 툭 쳤다.

"송 여사님! 무얼 그렇게 보시냐구요?"

"응? 응, 그냥."

"그냥이라니, 뭐가 그냥이에요?"

더 답답해진 오정미는 아까보다 더 큰소리로 닦아 댔다.

그제야 송 여사는 금방이라도 눈물이 그렁그렁 맺힐 듯한 눈으로 아파트를 올려다보며 중얼거렸다.

"여기서 십여 년 살다 보니까 정이 들었나 봐. 저기 2층, 3층 곳곳에 금방이라도 떨어져 나가는 듯한 시멘트 덩어리를 보니 꼭 내 살덩어리가 떨어져 나가는 것 같아 마음이 아파."

"어이구! 궁상 좀 그만 떠세요. 내일이면 모두 헐어버린다는데 그까짓 시멘트 조각쯤 떨어져 나가는 게 무슨 큰일이라고. 아마 내일 철거반들이 오기 전에 오늘 밤 다 허물어질지도 몰라요. 자세히 보세요. 지금 아파트가 흔들리고 있는 것 같지 않아요? 보기만 해도 흉측스럽고 내가 어떻게 저런 아파트에서 잠을 잤나 겁이 덜컹 나는구먼. 정은 무슨 얼어 죽을 정이에요."

그렇다. 이곳 서대문 형무소 뒷산 꼭대기에 있는 서민 아파트는 지은 지도 오래되었지만 너무 낡았다. 서울시에서 언제 무너질지 모른다며 불량 주택지구로 지정해 주민들이 모두 철수한 지가 일 년이 다 되었다. 다만, 오갈 데 없는 이들만 어쩔 수 없이 남아 있을 뿐이다. 기약

오정미는 송 여사의 넋두리 같은 말에 속이 뒤집혔는지 사정없이 내쏘았다. 그도 그럴 것이 모든 것을 포기하고 기약 없이 먼 여행을 떠나기 위해 모여 있는 지금 설령 아파트가 무너진들 안타까워할 계제가 아니었기 때문이다.

송 여사는 달랐다. 지금까지 이 아파트에 전세로 살면서도 내 집처럼 소중하게 아끼며 이곳을 떠나지 못했다.

밤무대 가수로 유흥가에서 잘나갈 때 친구들이나 매니저까지도 그 잘난 산꼭대기 서민 아파트가 무슨 미련이 있다고 훌훌 털고 나오지 못하냐는 핀잔도 많이 들었다. 그러나 이 아파트는 그가 유명한 가수가 되기 전까지 숱한 고생을 같이했기에 더 떠날 수가 없었다. 또한 자신의 전성기를 이 아파트와 함께 보냈기에 정이 들어 떠날 수 없었다.

송 여사는 서울의 내로라하는 나이트클럽 무대에 올라 신들린 사람처럼 노래하면 술 취한 밤나방들의

우레와 같은 박수와 환호를 받았다. 그 환호 덕으로 밤이 새도록 이 무대 저 무대를 옮겨 다니며 노래할 정도였다.

그런데 어느 날부터인가 환호와 박수는 멀어져 갔다. 새로운 스타일과 창법에 자신도 모르는 사이에 밀려난 것이다. 그뿐 아니었다. 갑작스러운 추락이 서러워 집에 돌아와 울다 지쳐 거울을 보니 자신의 아름다운 모습은 간데없이 얼굴 전체가 칠면조처럼 쪼글쪼글 늙어 있었다.

온 힘을 다해 노래 부를 때는 수많은 취객의 괴성과 박수 소리에 파묻혀 몰랐었다. 그런데 지금은 모든 것을 다 잃었다. 고운 목소리, 매니저 그리고 괴성과 박수를 보내던 취객까지.

그러나 다행인 것은 자신의 초라해진 모습을 지금까지 보호해 준 아홉 평짜리 이 아파트가 있다는 것이다. 그런데 작년부터 붕괴할 위험이 있다는 진단이 나와 모든 주민이 이사를 가버렸다. 단지 송 여사와 한금숙만이 오갈 데가 없어 위험하다는 것을 알면서도 차일피일 미루며 살아온 것이다.

아파트 단지가 빈집뿐이라는 것을 알고 잘 데 없

는 사람들이 밤이면 몰래 들어와 자고 나가는 사람들이 몇 생겼다. 이들은 아침에 어쩌다 송 여사와 마주치면 도둑질이라도 하다가 들킨 죄인처럼 슬슬 피했지만, 송 여사는 사람이 그리운 나머지 그 사람들까지도 좋아 그들을 불러 식사를 같이하곤 했다.

또한 비 오는 날이나 그들이 일을 나가지 않는 날이면 하루 종일 집에 같이 있기도 했다. 그들은 지금같이 여행을 떠나려는 한금숙, 오정미, 이관수 그리고 자동차를 가져오겠다는 이 씨였다.

며칠 전에는 첫 월급을 받았다고 이 씨가 오징어와 소주를 사 들고 와 모두 송 여사 방으로 모였다. 나이가 쉰은 됨직한 이 씨는 술이 몇 잔 들어가자 술기운이 돌았는지 주절주절 말을 뱉기 시작했다.

"내참 더러워서. 아! 글씨 스물이나 될까 말까 한 지집년이 으리삐까한 외제 차를 끌쿠와 주차증도 끊기 전에 문을 벌컥 열구 내리더니 뭐라고 한 줄 알어? '아씨, 차 좀 부탁해.' 하고는 그냥 사라져 버리는 거야. 내참 더러워서"

"그래서 어떡했어요?"

방 한편에서 무심하게 송 여사 뜨개질하는 것만

보고 있던 오정미가 관심 있다는 듯 한마디 던졌다.

"워쩌긴 워쩌. 하는 수 없이 내가 운전해 제대로 주차했지. 나는 주차해 주는 게 싫다는 게 아니여, 고 싹수없는 지집년의 행동에 구역질이 난다 이거여. 아, 지년이 애비 어미 잘 만나 좋은 차 끌쿠 다니면 다녔지. 우째 나까지 업신여기냐 이 말이여. 내가 까질러 놓은 자석도 찾기만 하문 지년보다는 클턴디. 돈 있으면 어른도 없는 거여. 지미씨펄. 정말 엿 같은 세상이여."

"젠장할 그렇크롬 억울하면 돈이나 많이 벌어놓지 그동안 뭐 했다요?"

오정미도 무언가 불만 섞인 목소리로 이 씨를 옹호하는 건지 나무라는 건지 모를 모호한 말을 했다.

"누가 그걸 몰라서 돈을 안 벌었나. 부모한테 물려받은 것 없고 배운 것 없는 데다 재수까지 없어 이 모양 이 꼴로 늙은 거지."

"그러니까 이 씨 나이에 주차 관리도 황송한 것 아녀요. 투정 부려봤자 화만 더 쌓이니 그냥 그러려니 하세요."

지금까지 한마디 없이 뜨개질만 하고 있던 송 여

사가 조용하게 한마디 거들었다.

"허긴 그려유. 내 주제에 밥값만 벌어도 다행이지 유. 그렇지만 눈꼴이 시어 쳐다볼 수가 없는 걸 워쩌 유."

"그렇게 지가 뭐랍디까. 이제 나는 죽었소 하고 맴 을 푹 죽이고 일만 하시라 안 합디까."

한금숙이 듣다못해 화를 벌컥 냈다. 한금숙은 얼쩡 한 술기운에 이 씨의 투정을 듣자, 자신의 가슴에 담 아 두었던 투정처럼 들려 화가 치민 것이다. 돌이켜 보니 이 씨 투정에 비할 바 못 되는 엄청난 응어리가 가슴 속에서 부글부글 끓어올랐다.

그녀는, 전라도 그 넓은 평야에 내 땅 한 평 없이 남의 땅 부쳐 도지세 주고 남은 벼 몇 가마니 가지고 한해 넘길 생각에 한숨을 땅이 꺼지도록 내쉬던 아 버지를 생각했다. 지주의 곡간은 손 하나 까닥하지 않고도 날이 갈수록 쌓이는데 뼛골 빠지게 일하는 소작인들은 갈수록 허리만 휘어진다는 아버지의 낙 담이 지금도 한금숙의 귓가를 맴돌았다.

한금숙은 어렸을 때 그것이 당연한 거라고 생각했 다. 아버지도 모든 것을 인정하고 타작만 하면 으레 소작료를 먼저 갖다주는 것을 보았기 때문이다.

그러나 초등학교에 다니면서부터 셈을 알고 네것 내것을 구분할 줄 알게 되면서 부모님이 일하는 것에 비해 너무 많이 소작료로 갖다주는 게 아깝고 억울하다는 생각이 들었다.

그녀는 아버지에게 몇 번이나 소견을 말했지만 그때마다 아버지는 깜짝 놀라며 그런 소리는 당치도 않은 소리니 입 밖에도 내지 말라고 했다. 만약 지주가 알면 그나마 부치고 있는 땅까지 빼앗길지 모른다는 것이다. 내 땅 한 평 없는 서러움은 거기서 끝나지 않았다.

한금숙이 초등학교 졸업하던 해였다. 아버지는 그녀를 조용하게 불러놓고는 물끄러미 바라만 보다가 무언가 결심한 듯 마른침을 꿀꺽 삼키더니 말했다.

"금숙아, 너는 언니라고 늘 동생들을 돌보느라 놀지도 못하고 먹을 것도 제대로 못 먹고 고생만 시켜 미안하구나. 그래서 이참에 너라도 밥을 실컷 먹을 수 있도록 서울에 사는 지주님 큰아들댁에 보내기로 했다. 이제 갓 낳은 아기가 있는데 너는 그 아기만 보아 주면 된단다. 아부지 엄니 옆을 떠난다는 게 맴

이 아플지는 모르지만 집안 형편이 어려우니 어쩌
냐.”

아버지의 착잡한 한마디 한마디에 가슴이 메었지
만, ‘아부지, 나는 가기 싫다. 예’ 하고 말할 수가 없
었다. 그렇지 않아도 어린 동생이 셋씩이나 되어 풍
족치 않은 밥을 먹을 때마다 한금숙은 어머니와 함
께 눈치를 봐야만 했기 때문이다.

그녀는 다음날 아무것도 모르고 서울 간다는 언니
를 부러워하며 마을 밖까지 따라 나오는 둘째, 셋째
를 쫓아 보내며 울컥거리는 가슴을 누르고 또 누르
며 서울로 향했다.

한금숙의 서울 생활은 배는 곯지 않았지만 몸과
마음은 편치 않았다. 농촌에서 맨발로 방문턱을 드나
들며 자랐기에 서울의 깔끔한 생활이 익숙지 않아
열심히 일하고도 더럽다는 핀잔을 수없이 받아야만
했다.

말이 아기 보는 것이지 설거지는 으레 한금숙 몫
이었다. 고사리 같은 손으로 설거지를 한 것도 모자
라 주인아주머니는 더럽게 했다고 툭하면 설거지통
에 다 쓸어 넣고는 다시 하라고 했다.

"도대체 너희 집에서는 설거지도 안 하고 사니? 아무리 촌것이라지만 어지간해야지. 개, 돼지가 해도 이것보다는 낫겠다." 하고 기세등등하게 쏘아대곤 했다. 처음에는 정말 잘 못해서 그런 줄 알고 부끄러운 마음에 고개를 푹 수그리고 설거지통에 있는 그릇들을 다시 닦았다. 그러나 그것이 설거지를 못 해서 그런 게 아니라 주인아주머니의 기분에 따라 퍼붓는 화풀이에 불과하다는 것을 알았다.

주인아주머니는 아저씨와 다툰다던가 시댁 식구가 왔다 가거나, 하여튼 그날그날 자기 성질에 못 이기는 날이면 곧장 한금숙에게 화살이 날아왔다. 그것이 너무 서러워 이 집을 나가고 싶었지만 도대체 이 집이 서울 어디쯤 있는지도 모르기 때문에 대문 밖을 나갈 엄두도 못 내었다.

어쩔 수 없이 지옥 같은 생활을 하며 아버지 어머니 원망도 해보고 그리워하며 잠자리에 들어서 눈물도 많이 흘렸다.

그렇게 2년이란 세월을 보내던 어느 일요일이었다. 주인아주머니가 곗날이라 시내에 좀 다녀올 테니 있다가 아저씨 점심상 좀 차려 드리라고 일러놓고 나갔다.

한금숙은 오래간만에 잔소리꾼이 없는 한나절을 마음 편하게 보내다 가벼운 기분으로 점심상을 차려서 안방으로 들어갔다. 주인아저씨는 그때까지 잠옷 바람으로 잠이 들어 있다가 인기척에 깨어났다.

"주무시는 줄 몰랐어요. 아주머니가 나가시면서 열두 시쯤 점심을 차려 드리라고 해서…… 이따 가져올까요?"

한금숙은 자기가 잠을 깨운 것 같아 미안해 다시 상을 들고 나가려 했다.

"아니다. 기왕 가져온 거니 먹자꾸나."

주인아저씨는 벌떡 일어나 한금숙이 엉거주춤 상을 들고 있는 것을 얼른 받아 방 가운데로 갖다 놓았다. 한금숙은 상을 받아 준 것만으로도 황송해 고개 숙여 인사하고 밖으로 나가려는데, "얘야!"하고 주인아저씨가 다급한 목소리로 불렀다.

무심결에 뒤로 돌아 왜 그러느냐고 물어보려는 순간 주인아저씨가 언제 다가왔는지 뒤에 있다가 번쩍 들어 침대에 올려놓았다. 한금숙의 몸이 출렁하고 침대 속으로 가라앉는 듯하다가 다시 솟구치는데 갑자기 육중한 물체가 온몸을 짓눌렀다.

그 물체는 몇 날 며칠을 굶은 산짐승같이 한금숙의 얼굴이며 목 언저리를 마구 핥아 대었다. 그리고 한금숙이 걸치고 있는 옷을 모두 벗겨 버렸다. 한금숙은 너무 갑작스러운 상황이라 어떻게 반항할 틈도 없었다. 반항할 틈이 있었다고 해도 꼼짝도 못 했을 것이다.

주인아저씨의 힘은 너무 세고 갑작스러운 공격에 놀랐기 때문이다. 거기다 앞가슴은 숨도 쉬지 못할 정도로 굳어져 있고 온몸은 벌벌 떨리고 있었다. 그때 갑자기 사타구니 사이로 무서운 산짐승 혓바닥 같은 게 날름거리며 뱃속의 내장을 모두 빨아먹는 것 같더니 아랫배가 잘려 나가는 것 같은 심한 통증이 몰려왔다. 너무 무섭기도 하고 참을 수 없이 아파 "악" 소리를 지른 후로는 기억이 나지 않았다. 정신을 잠깐 잃어버렸다.

저녁에 아주머니가 들어와 어정거리며 가까스로 걷고 있는 그녀를 보고 꾀병 부리는 것 아니냐고 닦달했다. 그렇지만 주인아저씨 때문에 그렇다고 말할 순 없었다. 만약 이 일을 누구한테라도 말하면 아버지가 부치고 있는 땅을 모두 거둬들여 다른 사람한 테 주겠다고 아저씨가 으름장을 놓았기 때문이다.

그뿐만 아니라 여자가 남자에게 사타구니를 내준 다는 게 좋지 않은 일이라는 것을 어렴풋이 알고 있 기에 더욱 아무 소리도 못 했다.

그날 밤 주인아주머니와 아저씨가 심하게 말다툼 하는 소리를 들으며 잠자리에 들었다. 얼마나 잤을 까, 새벽녘쯤 된 것 같은데 누군가 문을 두드리며 나 직하게 부르는 소리에 일어나 문을 열어보니 주인아 저씨가 빨리 옷을 입고 나오라고 했다. 무슨 일인지 도 모르며 무작정 따라간 곳이 평화시장 어느 봉제 공장이었다.

그때부터 한금숙은 공장에서 먹고 자며 재봉틀 돌 리는 것을 배워 지금까지 근근이 이십여 년 살아왔 다. 그러니 사치라는 것은 부유층의 전유물로만 알고 의당히 그렇게 살아가는 것이라고만 생각했다.

이제껏 뼛골 빠지게 일해 보았지만 흥청대며 놀아 나는 부유층 곁으로 가기에는 너무나 멀다는 것을 지금껏 보아왔기 때문이다. 그러다 보니 부자들을 보 면 주는 것 없이 밉고 증오스럽기까지 했다.

그럴 때마다 한금숙은 더욱더 초라해지기만 했다. 그렇다고 이 씨 같이 늘 투덜거려봤자 내 입만 더러워질 뿐 그들에게 일말의 동정심도 받을 수 없다는 것을 잘 알고 있었다.

"아이구야! 우리 벙어리도 화낼 때가 다 있네. 우리 금숙이 봉제공장에서 무슨 일 있었나베."

송 여사가 뜨개질하던 손을 멈추고 한금숙을 바라보았다.

"그래요. 나도 금숙 언니가 화내는 건 처음 봤어요. 언니, 무슨 일이 있긴 있었수?"

오정미가 바싹 말라 광대뼈와 턱만 남은 얼굴을 치받치고 말했다.

"무슨 일은…… 아저씨 투정을 듣다 보니 지금까지 뼛골 빠지게 일하고도 흥청대는 사람들 뒤꽁무니도 못 따라가는 게 울화통이 터져서 나도 모르게 나온 소리야."

"앗따, 뼛골 빠지게 일한 사람이 어디 언니뿐이유. 나도 언니보다 나이는 적지만 갖은 고생 다 해봤수."

오정미도 술기운이 돌았는지 말이 끝나기 무섭게 훌쩍거리며 눈물을 흘리고 있었다.

"고향도 싫지만 이곳도 지겨워요."

그랬다. 오정미는 오정미 대로 말 못 할 수치심 때문에 고생을 사서하고 돌아다녔다. 오정미는 강원도 작은 읍내 장터 국밥집 딸로 태어났다. 국밥집 딸이야 뭐 흉 될 게 있겠냐마는 알고 보면 그것이 흉이 되고 만 것이다.

청상과부인 오정미 어머니가 장돌뱅이하고 눈이 맞아 얼떨결에 오정미를 낳았기 때문이다. 어려서는 몰랐지만 차츰 커가면서 친구들의 놀림으로 알게 되고부터 마음이 삐뚤어지기 시작하더니 급기야는 고등학교 입학하자마자 여자 깡패 그룹을 만들어 자기를 놀려대던 아이들을 무지막지하게 때려 주다 고향에서 쫓겨나고 말았다. 아니 어떻게 보면 장돌뱅이 사생아란 놀림을 받기 싫어 고향을 떠나기 위한 자위행위였는지도 모른다.

오정미는 무작정 서울로 올라와 돈을 벌기로 결심했다. 돈을 많이 벌어 남부럽지 않게 잘 살면 자신의 치부가 가려질 것이라는 생각 때문이었다. 하지만 나이가 너무 어려 별 신통한 데는 취직이 안 되었다.

한동안 방황하다 술집 마담의 꼬임에 빠져 영계라

는 이름을 달고 룸살롱으로 들어갔다. 처음에는 너무 서툴러 고통스러웠지만 그런대로 돈도 많이 벌었다. 그 돈들이 오정미의 치부를 감춰 줄 거로 생각할 적마다 희망으로 가슴이 두근거렸다. 하지만 사회는 그렇게 호락호락하지가 않았다.

오정미는 마담이 시키는 대로 쉬는 날도 없이 무리하게 손님을 받다가 몹쓸 병에 걸린 것이다. 손님을 받을 수 없게 되자 마담은 지금까지 모아 놓은 돈까지 별의별 구실로 다 떼어내고 몇 푼 안 되는 돈과 함께 걸레 쪼가리 모양으로 길거리로 내팽개쳤다.

결국 지금까지 번 돈으로 치부를 가린다는 것은 손바닥으로 하늘을 가리는 거나 다를 게 없다는 것을 알았다. 더군다나 지금은 몹쓸 병까지 얻었으니, 오정미의 서러움은 비빌 언덕도 없어 더욱더 서럽게 울음이 터진 것이다.

"정 미 씨 까 지 왜 에 그 래 요 오. 마 치 초 상 지 입 같 잖 아 요 오. 우 지 말 아 요 오."

이관수는 돌아가는 분위기가 이상한 것 같아 마시던 술잔을 내려놓고 나 같은 사람도 살고 있지 않느냐는 듯 모두를 쳐다보았다. 그렇다. 이관수도 삶을 아끼며 살고 있다는 것을 그들은 보았다.

이관수는 심한 뇌성마비를 앓고 태어나 지금까지 사람다운 대우를 한 번도 받아본 적이 없었다. 자기를 낳은 부모까지 뇌성마비인 것을 알고 길거리에 갔다 버려 부모가 누군지도 모른다. 마음 좋은 사람이 자기를 키워주는 줄 알았지만 그것은 모두 거짓이었다.

그 사람은 이관수를 데려다 놓고 뇌성마비 고아를 키우고 있으니 도와 달라며 사회사업가나 사회복지관 같은 데 가서 돈을 얻어와 자기 식구들을 위해 쓸 뿐 정작 이관수에게는 숙식만 제공했을 뿐이다. 그렇게 이관수를 돈벌이 대상으로 사용하다 더 이상 이용해 먹을 곳이 없어지면 돈을 받고 다른 곳으로 넘겨주었다.

그곳도 또한 마찬가지다. 좀약, 머리핀, 때밀이 타올 등등 여러 가지 잡화를 앉은뱅이 밀차에 실어 사람이 많이 다니는 시장통 복판에 갖다 놓아주고 이관수에게 장사를 시켰다. 고개가 뒤틀리고 몸짓 발짓이 불안한 데다 발음이 잘 안되어 말을 잘 못했지만 이관수는 열심히 소리를 쳐댔다.

"좀 약 사 세 요 오. 머 리 이 피 인 도 있 어 요.
때 미 이 리 수 건 도 있 어 요 오."

지나가는 사람들은 그것이 필요해서가 아니라 온
몸을 비틀고 침을 흘리며 소리치는 이관수가 측은해
팔아 주기도 하고 동전 몇 개를 그냥 던져 주었다.
그 수입이 적지 않았다.

이관수를 돌보는 사람은 그것을 노리는 것이다. 그
나마 그것으로 만족하지 않고 더 불쌍하게 소리치지
않아서 돈이 덜 벌렸다고 야단치기가 일쑤였다. 이관
수는 그렇게 장사를 해주지만 돌아오는 것은 역시
하루 세 끼니 밥뿐이었다.

이관수는 속으로 피를 토하고 싶을 정도로 괴로웠
지만, 그의 표정은 자신을 이용하건 말건, 여러 사람
과 대화 나누는 것만으로도 세상은 살 만하다는 미
소를 띠고 있었다. 그러니 지금 이들의 넋두리는 이
관수에 비하면 너무나 사치스러운 불평이었다.

그들 모두는 말 못 할 고통과 아픔을 참으며 그래
도 내일에 대해 기대와 희망으로 살아왔다. 그러나
살고 있던 숙소까지 철거한다고 하니 그 희망마저도
멀어져 가고 있다는 것을 송 여사는 읽고 있었다.

이제 이들은 이곳을 떠나면 어디 갈 만한 곳이 없다. 더군다나 비슷한 처지로 거의 한해를 서로 위로하며 의지하고 살다 보니 떨어져 산다는 것은 죽는 거나 다름없다는 동질감에 지금까지 끈끈하게 어울려 버텨 왔다.

　송 여사는 자신을 포함해 모두 뿔뿔이 헤어지면 다시금 의지할 사람이 없다는 것을, 그냥 이대로 살아가기에는 너무나 벅차다는 것을 알고 있었다. 다행스러운 것은 이들이 이곳을 떠날 때는 아주 먼 영평령으로 여행이나 떠나자고 했다.

　그곳 어딘가에는 누구도 쫓아내거나 업신여기지도 않고 모두가 공평하게 사랑을 나누어 주는 그런 곳이 있을지도 모른다고 이씨가 말했기 때문이다. 그 여행을 떠나는 날이 바로 오늘인 것이다.

　형무소 담을 끼고 구불구불 이어진 언덕길로 자그마한 자동차가 천천히 올라오고 있었다. 그 차는 커브 길을 돌 때는 없어졌다 다시 나타나 언덕길을 오를 때는 딱정벌레처럼 길바닥에 달라붙은 것 같아 마치 장난감 자동차 같기도 했다. 그것을 이관수가 대단한 발견이라도 한 것처럼 소리쳤다.

"야 아! 오 온 다 아. 차 가 보 오 인 다 아."

이관수가 어렵게 몸을 비틀며 손으로 아래를 가리키고 있었다. 하지만 이관수만 아래를 보고 있는 게 아니라 모두 붉은색의 자그마한 자동차가 올라오고 있는 것을 주시하고 있었다.

이곳은 아무도 살지 않기 때문에 지금 이 길로 차가 올라오고 있는 것은 이 씨밖에 없다는 것을 알고 있었다. 지금 이들은 이 씨가 오기를 기다리다가 정작 이 씨가 나타나자 모두들 긴장된 표정으로 바뀌고 있었다. 막상 떠나야 한다고 생각하니 즐거움보다는 떠나야 한다는 두려움이 앞서고 있기 때문이었다.

그렇다고 마냥 그렇게 서 있을 수만은 없었다. 이 씨에게 부담을 주지 않기 위해 소지품이 든 가방들을 들고 마중 나가듯 아파트 입구 쪽으로 천천히 걸었다.

아파트 입구를 지나 얼마쯤 걸었을까. 까마득하게 보이던 차가 서서히 커지더니 이 씨의 환하게 웃음을 짓는 얼굴이 차창 안으로 보였다. 그 차는 정말 장난감처럼 귀엽게 생긴 붉은색의 국민차였다.

"아이구! 미안험니다. 너무 오래들 기다렸지요. 아,

일찍 끝나긴 끝났는디 오살할 이 쪼매한 차를 가진
놈이 와야 말이지유. 속이 타서 애꿎은 담배만 축내
고 있는디 해가 중천에 떠서야 놈이 나타나는 거유.
하여튼 그놈이 잘 다녀오라고 빌려줬으니 다행이다
싶어 똥줄 나게 온다고 온 게 이렇게 늦었지 뭐예유.
그런디 차가 너무 커서 워떡헌담.”

키가 큼직한 이 씨는 국민차 문을 열고 기어나오
듯 엉거주춤 나와 연신 머리를 굽실거리며 큰 잘못
이라도 한 것처럼 말 땜질을 했다.

“앗다, 그것이 어디 이 씨 잘못인가요. 그놈이 누
구인가 그놈 잘못이지요.”

이 씨가 너무 미안해하는 폼이 안쓰러운지 눈치
빠른 오정미가 한마디 거들었다.

“그려, 그려 그놈 땜시 그렸으니 어서들 타라고.
송 여사님은 키가 크니께 앞으로 타시고. 원체 차가
작아서 다들 탈랑가 모르것네.”

이 씨가 늦은 걸 만회하려는 듯 서둘러 타라고 재
촉했다. 앞에는 이 씨 말대로 송 여사가 타고 뒤로는
이관수, 오정미, 한금숙 순으로 탔다. 그들의 타는
동작은 빨랐지만 얼굴 표정은 어딘가 모르게 딱딱해

보였다.

"자, 출발합니다."

이 씨의 들뜬 목소리와 함께 국민차는 이 씨까지 다섯 사람을 태우고 그렁그렁 소리를 내며 형무소 뒷산 냉천동 내리막길을 천천히 출발했다. 그렇게 별러서 떠나는 여행이지만 이들의 먼 여행에 관심을 두거나 배웅을 해주는 사람은 없었다. 설사 있다고 하더라도 그저 거렁뱅이 떠돌이들이 모처럼 부자들 흉내를 내려고 안간힘을 쓰는구나 하고 별로 대수롭지 않게 여겼을 것이다.

이들의 여행은 이들 스스로 택한 게 아니다. 주위의 무관심에 떠밀려 어쩔 수 없이 행해지는 자구책에 지나지 않을 뿐이다. 또한 사회의 무관심 속에 버려진 서러움을 조금이라도 위로해 보려고 행해지는 은연중에 시위 같은 것이기도 하다.

차가 서대문 형무소 지붕을 내려다보며 꾸불꾸불한 냉천동 가파른 내리막길을 내려오면서 모두 고향을 떠나는 것처럼 착잡한 표정들을 지었다.

한갓지게 서 있는 독립문을 힐끗 쳐다보고 삼청동을 지나 광화문 넓은 대로로 들어섰다. 광화문 대로

에는 이름도 모를 차들이 수없이 스쳐 가고 있었다.

이 씨는 국민차에 다섯 명이나 태운 게 큰 흉이라도 되는 듯 세단 사이를 슬금슬금 눈치를 보며 빠져 나와 시청 앞 로터리를 돌아 청계 고가도로로 올라 갔다. 무슨 일들이 그리 급한지 국민차는 안중에도 없다는 듯 세단들이 쏜살같이 앞서가며 매연을 내뿜었지만 이 씨는 인내심 있게 서서히 운전했다.

워커힐로 해서 한강을 끼고 덕소를 지나 양수리, 양평도 지나고 한적한 농촌 길을 달릴 때까지도 누가 옆에 있는지 모를 정도로 차 안은 조용했다. 이 적막한 분위기를 깨고 말문을 연 것은 이관수였다.

"쩌 어 기 앞 에 가 는 소 궁 딩 이 좀 봐 아. 똥을 아 스 팔 트 에 싸 는 게 꼭 빈 대 떠 억 부 치 는것 같 애."

이관수의 특이한 움직임에다 더듬거리는 넉살이 차 안에 퍼지자 조는 듯 자는 듯 눈을 감고 있던 오정미가 키들키들 웃음을 터트렸다. 그때를 기다렸다는 듯 모두 따라서 웃었다.

이관수가 가리키는 곳에는 농부가 지게를 지고 소를 몰고 자동차를 피해 갓길로 가는데 소가 한 대접

이나 될 만큼의 똥을 아스팔트 위에 싸면서 천천히 걸어가고 있었다.

그들은 소 궁둥이에서 똥이 나오는 것만 보아도 웃을 수 있는 단순하고 천진난만한 사람들이다. 하지만 사회는 이 천진난만한 사람들을 이용해 먹을망정 필요로 하지는 않았다.

이관수의 재치가 모두의 시름을 잊게 하고 새로운 시골 풍경을 바라보며 말문들이 터졌다. 그중에도 명랑한 편인 오정미가 이 씨한테 생뚱맞은 질문을 던졌다.

"아저씨, 아저씬 자식이 있다고 하셨는데 아주머니는 어디 계세요?"

오정미는 자기가 말해 놓고도 자신이 없는지 주위를 돌아보았다. 모두 오정미의 뜻을 알고 합창하듯 말했다.

"그래요. 우리끼리 뭐 말 못 할 것 있어요? 우리 모두 궁금하니 이야기해 보세요."

지금까지 조용하게 뜨개질만 하던 송 여사까지 거들었다.

"아이구, 자랑할 게 있어야 말 하지유."

이 씨가 난색을 보였다.

"누구는 자랑할 게 있어서 이렇게 함께 여행하나요. 사는 게 다 그렇지요."

송 여사가 웃지도 않으며 나직하게 대꾸했다.

그제야 이 씨도 못 이기는 체 금방 무거운 표정을 지으며 말문을 열었다.

"얼마 살지는 못했지만 궁합은 좋았는데 ……"

이 씨는 열여덟 살에 지원 입대해 스물한 살에 제대했지만 막상 밥벌이할 곳이 마땅치 않아 화물차 조수로 따라다니며 끼니를 때웠다.

그러던 어느 날 우연히 다방에 들어가 차를 마시다 학꼬비(써빙하는 아가씨) 강 양하고 눈이 마주쳤다. 그 순간 둘은 하늘이 점지해 준 것처럼 마음이 통해 무작정 동거했다. 아무것도 가진 게 없는 이들은 세 검정 뒷산에 가마니를 터서 움막을 쳐놓고 일 년 남짓 선녀와 나무꾼 같은 기분으로 세월 가는 줄 모르며 꿈결같이 살았다.

그런데 고추를 단 첫아기를 낳고부터 모든 행복이 풍비박산 나고 말았다. 이 씨는 우선 아기를 살리기 위해 마을로 내려가 부잣집 대문 앞에 아기를 내려

놓고 안 떨어지는 발걸음을 돌렸다. 산모가 영양실조로 아기에게 젖을 먹였다간 모두 죽는다고 의사가 말했기 때문이었다.

산모만이라도 살리기 위한 방편이었지만 결국 약한 첩 제대로 쓰지 못한 채 움막에서 산모마저 사별해야 하는 슬픔을 간직하고 만 것이다. 그 후로 이씨는 항상 죄의식에 쌓여 감히 다른 여자 넘보는 일은 하지 못했다.

"아마 그 자식이 컸으면 서른이 다 되어 갈 텐데 ……."

이 씨의 넋두리 같은 말에 모두 숙연해졌다.

"아저씨 미안해요. 공연히 좋지 않은 일을 생각나게 해드려서. 나는 자식이 있다기에 어딘가 아주머니도 살아 계신 줄 알고 ……."

오정미가 주눅이 들어 기어들어 가는 소리로 인사치레했다.

"미안하긴. 그려도 오래간만에 생각해 보니 마음이 새로워지는 것 같구먼."

이 씨의 이야기를 듣는 사이 차는 쉴 새 없이 달려긴 다리를 지나고 있었다. 자동차 헤드라이트 불빛이 건너편 다리 난간을 비추는데 얼핏 다리 아래 시커먼 강물이 보였다. 가끔 덜컹거리는 소리를 들으며 그들의 시선은 앞쪽으로 쏠리었다. 어둠 속에 아홉 시가 넘은 시계 초침이 자동차 계기방 옆에서 쉼 없이 움직이고 있었다.

"이제부터 손잡이를 꼭 잡고 조심해야 합니다. 여기서부터는 가파른 언덕과 급경사가 계속 이어지는 깊은 계곡입니다."

이 씨의 말이 끝나기 무섭게 곧 뒤로 넘어갈 듯한 언덕을 자동차가 된소리를 내며 힘들게 오르고 있었다. 모두 의자에 등을 바짝 붙이고 겁먹은 얼굴로 이 씨만 바라보았다.

이 씨는 별것 아니라는 듯 핸들을 두 손으로 꼭 잡고 엑셀러레이터에 힘을 주었다. 다섯 명이 너무 무거운지 곧 엔진이 꺼질 듯 끄르륵 소리를 내곤 했지만 무사히 고개 정상까지 올라왔다. 그제야 모두 한숨을 길게 내쉬었다.

내리막길이 되자 자동차 소리도 부드러워졌다. 올라올 때보다 빠르게 내려가려는데 양쪽으로 높게 설치된 여러 개의 콘크리트 기둥이 헤드라이트 불빛에 갑작스럽게 나타나 속력을 줄였다.

모두 이상한 물체에 놀라 숨을 조아리는데 이 씨만이 대수롭지 않다는 듯 콘크리트 기둥 사이를 지나고 있었다.

"이 건축물이 탱크 저지선이라는 겁니다. 이북에서 쳐들어올 때 저 기둥 위에 올려놓은 시멘트 덩어리를 떨어뜨려 길을 차단하는 것이지요."

그러고 보니 기둥 위에 커다란 시멘트 덩어리가 여러 개 얹혀 있었다. 모두 이 씨의 설명을 듣고서야 고개를 끄덕거렸다. 고갯길을 한참 내려오니 작은 마을이 나타났다.

"이곳이 점마을입니다. 이 점마을을 지나면 우리가 찾아가는 영평령이 나오지요. 영평령은 산세가 매우 험하고 가파른 길이 너무 많아 사람들이 피해 다니는 아주 험준한 곳이랍니다. 얼마나 산이 높은지 영평령 정상에서 아침 일출을 보면 신선이 된다고 할 정도로 구름 속에 묻혀 있는 신비로운 곳이기도 하지요."

모두 이 씨의 설명을 들으며 한적한 점마을을 지났다. 점마을을 지나자 그동안은 간간이 마주치며 지나가던 자동차 불빛도 보이지 않았다. 한적한 도로를 라이트 불빛만 앞세우고 한동안 달리자 '영평령'이라고 쓴 이정표가 갓길에 외롭게 서 있었다.

입구에 들어서자마자 산이 험하다는 것을 피부로 느낄만했다. 우선 입구부터 비포장도로 인데다 라이트 불빛에 비친 굽잇길은 높게 치솟아 있었다. 올라가도 올라가도 끝이 보일 것 같지가 않았다.

경사가 심해지자 또다시 국민차는 힘이 드는 듯 끄르륵 소리를 심하게 내기 시작했다. 다섯 사람은 칠흑같이 어두운 주위를 오로지 작은 헤드라이트에 의존해 숨을 조아리며 앞만 주시하고 있었다.

가끔가다 자갈들이 튀어 차 밑바닥을 때릴 때는 깜짝 놀라 주춤거리기도 했다. 올라가면 갈수록 안개가 짙어지기 시작했다. 짙어지는 안개를 헤치며 거의 다 올라왔을 거라고 생각했지만 이 씨는 차를 세우지 않았다.

그래도 이 씨는 옛날 삼판 다니던 기억을 되살려 열심히 정상으로 차를 몰았다. 이 씨의 노련한 운전 솜씨로 어렵게 정상에 다다랐을 때는 바로 옆 사람도 구분하지 못할 정도로 안개가 짙게 덮여 있었다.

짙은 안개에 감탄보다는 두려움이 앞서 서로를 바라보며 누군가 먼저 말해 주기를 바라는 눈치들이었다. 그때까지 앞좌석에 앉아 흐릿한 실내등에 의지해 뜨개질만 열심히 하고 있던 송 여사가 실타래를 옆에 놓으며 말문을 열었다.

"여러분, 너무 두려워하지 말아요. 우리는 지금껏 이렇게 환상적인 곳을 찾기 위해 먼 여행의 꿈을 키워 왔잖아요. 하늘은 지금 우리들의 먼 여행길을 축복해 주기 위해 이곳에 이렇게 아름다운 안개를 뿌려 놓은 것으로 생각해요."

송 여사의 은은한 목소리가 차분하게 자동차의 좁은 공간에 차곡차곡 쌓이듯 했다. 또한 그 소리는 마치 산신령의 게시라도 되는 듯 모두 다시 되새겼다.

송 여사는 언제 준비해 두었는지 보온병을 꺼내 종이컵에 은은한 향냄새가 나는 따뜻한 차를 한 잔씩 따라 주었다. 그리고 지금까지 열심히 뜨개질해 만든 조롱박 주머니 같은 것을 한 개씩 목에 걸어주었다.

"나는 지금까지 여러분과 같이 생활하며 시간 나는 대로 이 조롱박을 떴어요. 이 조롱박 한 올, 한 올에는 여러분이 무시당하고 천대받으며 어렵게 살아온 시간을 모두 이 조롱박에 엮어 놓았어요. 언젠가 우리가 먼 여행에서 돌아오고 이곳 영평령 아침의 짙은 안개가 활짝 걷힐 때 새로운 세상이 돌아올 거예요. 그때 이 조롱박을 한 올 한 올 풀어버리세요. 그러면 우리가 가지고 있던 아픔도 풀어지고 서로가 관심을 가지고 도와주고 아껴주는 풍만한 세상을 맞이할 거예요. 언젠가는!"

송 여사는 주문이라도 외우듯 눈을 살며시 감고 속삭이었다.

"우리 술은 아니지만 이 차로 이 아름다운 안개 속에서 아름다운 미래를 찾을 수 있는 행운을 위해 건배해요. 그리고 우리들의 먼 여행을 위하여!"

송 여사가 컵을 들고 나직하게 말하자 모두들 "우리들의 먼 여행을 위하여" 하고 읊었다. 그리고 그들은 천천히 차를 마셨다. 평온하게 서로를 바라보며 실낱같은 미소를 주고받았다. 그들은 지금 아무 욕심도 바람도 없다. 여행에서 돌아왔을 때 그저 평온하게 그들 나름의 삶을 살아가게 놓아주었으면 할 뿐이다.

그들은 그렇게 자신들의 소원을 빌고, 포근한 안개 속을 서서히 출발했다. 자동차의 엔진 소리는 이들의 마음을 감싸듯 그렁그렁 소리를 내며 안개 속으로 스며들었다.

뚝도는 무인도가 아니다

마벌써 몇 시간째 뿌연 형광등 불빛 아래서 꼼짝하지 않고 나는 의자에 앉아 있었다. 선실 내의 생선 썩은 것 같은 비릿하면서도 퀴퀴한 냄새와 울렁거리는 파도에 속이 메스꺼워 움직이기 싫어서였다.

이제야 다섯 번째 섬에 들려 승객들을 바꿔 태우고 마지막 섬인 갈도로 가고 있다고 했다. 막상 갈도에 간다고 생각하니 마음이 착잡해졌다.

이제 정말로 잠 좀 자 두어야겠다고 마음먹고 눈을 감았다. 충무항에서 출발한 지 여덟 시간이나 되었으니 피곤하기도 했다.

그렇게 요란스럽게만 들리던 기관실 엔진 소리도 지금은 익숙해져 졸음 속에 빠져들었다. 얼마쯤 지났을까. 뒤에서 두 남자의 목소리가 나지막이 들려왔다.

"저기 보세요, 저 앞에 아물거리게 보이는 것이 갈도랍니다."

"아! 이제 다 와 가는군요. 그러면 저 섬이 남해바다 맨 끝 섬에 해당하는 건가요?"

"그런 셈이지요. 그렇지만 아직 학생들은 다른 섬에 비해 많은 편이지요. 모두 여덟 명이나 되니까요."

"그래요, 그런데 그런 셈이라고 말하셨는데 저 섬말고 또 다른 섬이 있다는 뜻인가요?"

한 사람은 지금 가는 곳이 처음인지 이것저것 물어보는 것 하며 앞의 대화를 미루어 볼 때 갈도에 새로 부임해 오는 초등학교 선생님 같았다.

"예, 있기는 있지요. 아주 작은 뚝도라는 섬이. 옛날에는 그곳에 너댓 가구가 살았는데 6.25사변 후 서서히 주민이 빠져나와 지금은 무인도가 되었지요."

'무인도라니! 지금도 나를 기다리고 있는 사람이 있는데'라고 나는 속으로 그들의 대화에 한마디 거들었다.

"이상하네요. 그 섬은 전쟁도 안 치렀는데 왜 6.25 전쟁 후 모두 나왔을까요?"

"그것이 들리는 말로는 6.25전쟁 후 육지에 모진 흉년이 들었을 때 우선 굶는 거나 모면해 보자고 육지 사람들이 이쪽 섬들로 밀려왔답니다. 그들은 여러 섬을 거쳐 갈도까지 들어와 먹을 것을 찾다가 부족하니까 결국 뚝도까지 뗀마(나무로 만든 작은 배)를 타고 해산물이라면 크고 작은 것 없이 마구 잡아가는 바람에 순식간에 뚝도 주산물인 해삼, 전복, 멍게 등이 고갈되고 말았답니다. 원체 작은 섬이고 보니 해산물이 고갈되자 뚝도 주민들도 할 수 없이 빠져나와 결국은 무인도가 되어 사람이 살지 않은 지가 몇십 년 되었지요."

어렴풋이 옛 생각을 더듬으며 그들의 대화를 듣다보니 어느새 갈도에 다 왔는지 객실 안이 웅성거리며 모두 일어나기 시작했다. 들뜬 마음으로 밖을 내다보니 암벽으로 이루어진 섬과 섬 사이를 여객선이 조심스럽게 들어가 자연적으로 만들어진 듯한 부두에 배를 접안시켰다.

얼핏 보기에는 깎아지른 절벽에 배를 대면 무엇하나 했는데, 막상 승객들 틈에 끼어 나가 보니 두 사람 정도 교차할 수 있는 길이 섬 모퉁이 쪽으로 길게 나 있었다. 조심스럽게 섬 모퉁이를 돌아가니 새로운 곳을 온 것 같이 확 트인 시야에 조용하고 깨끗한 느낌을 주는 아늑한 마을이 눈에 들어왔다.

완만하게 경사진 산 위로 크지도 작지도 않은 아담한 집들이 층층이 산 위로 올라가며 지어져 작은 땅의 조화를 이루고 있었고, 바닷가에는 콘크리트로 둑을 쌓아 만든 항구에 작은 통통배들이 십여 척 정박해 있다.

배에서 내린 사람들 대부분은 수산물을 구매하기 위해 온 상인들이 많았고 몇 사람 정도만 이곳 주민이거나 친척들 같았다.

모두 뿔뿔이 흩어지고 혼자가 된 나는 통통배들이 있는 곳으로 갔다. 갈 수만 있다면 지금 배를 빌려 뚝도로 가자고 할 심산이었다. 마침 시동이 꺼지지 않은 통통배에서 해녀가 무엇인가를 부두에 끌어올려 놓으려고 힘을 쓰고 있는 모습이 보였다. 나는 가까이 다가가 그녀가 끌어올리고자 힘쓰는 망태기 한

귀퉁이를 잡고 당겨 주었다.

망태기 속에는 보기만 해도 탐스러운 밥주발만 한 전복, 작은 주전자만 한 소라, 두 주먹을 합친 것만큼 큰 멍게, 해삼들이 꽉 차 있었다.

잠깐의 도움도 고마운 듯 웃는 얼굴로 쳐다보는 해녀의 표정은 질박하면서도 정직하게 제맛을 내는 된장 투가리같이 인정미가 술술 넘치는 것 같았다. 이 여자라면 내 청을 들어줄 것 같아, 미안하지만 지금 뚝도에 데려다 줄 수 있냐고 물었다.

해녀는 첫 마디에 당치도 않다는 듯 나를 쳐다보았다. 그 섬은 무인도인 데다 조금 있으면 해가 지기 때문에 지금 가도 아무것도 할 수 없고 더군다나 일본 쪽에서 태풍이 오고 있다는데 뭐 하러 가려고 하느냐고 되물었다.

나는 궁색한 이유를 늘어놓기가 뭐해 우물쭈물하자, 상관없다는 듯 꼭 가고 싶으면 모터보트를 가진 정 씨한테 부탁해 보라며, 동네 어귀에 몇 사람 서 있는 쪽을 향해 소리쳐댔다.

"정 씨 예! 정 씨 예!"

경상도 특유의 사투리가 갑자기 한적한 바닷가에

울렸다. 그러자 그들 중 한 남자가 머리를 돌려 이쪽을 쳐다봤다.

"맞아 예, 저기 이쪽을 보는 사람한테 말해 보소. 이 섬에는 모따뽀트 가진 사람은 정 씨밖에 없으니까, 하지만 엔간하면 오늘은 여그서 묵고 볼 일 있으면 내일 아침 퍼떡 갔다 오는 게 좋을 것 같소."

해녀는 진정으로 나를 위해 타이르듯 말했다.

그 말도 일리는 있지만 사십여 년을 넘게 있다가 별러서 찾아온 고향인데 내일 얼핏 갔다가 온다는 게 성의가 너무 없는 것 같아 마음에 내키지 않았다. 나는 해녀의 걱정에 진심으로 고맙다고 인사하고 바쁜 걸음으로 정 씨라는 사람이 오는 쪽으로 갔다.

지금 뚝도를 가고 싶은데 수고 좀 해 주시면 고맙겠다고 어색한 아양을 떨어 가며 말하자, 정 씨는 대뜸 나를 아래위로 훑어보고는 심드렁한 표정으로 시선을 바다 쪽으로 돌렸다.

허술한 잠바 차림에 낡은 조깅화, 내가 보기에도 내 행색이 너무 초라하게 보였다. 이럴 줄 알았으면 구두라도 신고 올 걸 하는 후회가 들었다. 초라한 내 행색에 정 씨의 스쳐 가는 눈빛이 겨울바람 같았지만 나는 한 번 더 사정했다.

오늘 내가 타고 온 여객선이 내일 정오에 출발하기 때문에 배 시간을 맞추기 위해서라도, 내일 배를 놓치면 날씨가 좋아야 십오 일 후에 온다니 지체할 형편이 못 되어 그러니 도와달라고 했다.

그래도 정 씨는 넓적한 얼굴에 둥그런 눈만 섬벅거리며 무뚝뚝하게 딴 데만 쳐다보고 있었다. 나는 조급한 마음에 어떻게 하든 정 씨의 승낙을 받기 위해 좀 더 가까이 가서 사정을 하려다 짐짓 한 발짝 뒤로 물러섰다.

언제 먹었는지 시큼한 술 냄새가 코를 짓눌렀기 때문에 하마터면 '욱'하고 소리를 낼 뻔했다. 그때 정 씨가 무슨 마음을 먹었는지 "그러슈! 그 대신 뱃삯이나 조금 더 생각해 주슈." 정 씨는 나에게 대답을 들을 생각도 하지 않고 보트가 있는 곳으로 비척비척 가고 있었다.

그의 투박한 음성과 술에 취해 흔들거리는 걸음을 봐서는 뚝도 가기 전에 쓰러질 것 같아 그만두라고 하고 싶었지만 이 섬에 모터보트는 그가 가진 것밖에 없다니 할 수 없었다.

휘청거리며 통통배 맨 끝에 날렵하게 생긴 하늘색 보트에 올라가 허리를 구부려 연신 어깨를 움질거렸다. "푸르륵, 푸르륵" 헛김 빠지는 소리가 두 번인가 나더니 "푸르릉~" 경쾌한 엔진음이 들리며 흰 물살을 일으켰다. 한 팔이나 됨직한 줄을 힘껏 당겨 시동을 건 것이다. 저렇게 술에 취해서도 보트 키를 제대로 잡을 수 있을까 하는 생각도 잠시뿐, 보트에 오르니 벌써 마음은 뚝도에 가 있었다.

잔잔한 파도가 겹겹으로 밀려와 보트에 부딪히지만 워낙 빨리 달리기 때문에 제대로 부딪히지도 못하고 하얀 거품만 만들어 다른 파도에 휩쓸려 쓰러지곤 했다. 십여 분이나 무료하게 앞만 주시하며 키만 잡고 가던 정 씨가 나에게 무뚝뚝한 말투로 물었다.

"뚝도는 뭐 하러 가는 거요?"

엔진 소리와 바람 소리에 자기 말이 안 들릴까 봐 악을 쓰듯 소리쳤다. 아무래도 무인도에서 혼자 밤을 보낼 작정을 한 내가 이상했던 모양이다. 그냥 고향 생각이 나서 그런다고 했다. 더도 덜도 말할 것이 없었다. 있다고 하더라도 그에게 무슨 소용이 있겠는가 하는 생각에서다.

간단하게 몇 마디 주고받는 사이에 벌써 뚝도가 수평선을 헤치고 서서히 솟아 올라왔다. 섬은 마치 검푸른 대형 고깔같이 천천히 흔들리며 반가운 듯 나를 마중 나온 것 같았다. 섬에 다가갈수록 더욱 선명해지는 우뚝 솟은 형제바위가 보였다.

형제바위! 얼마 만인가, 사십 년이 훨씬 넘었다. 저 바위는 지금도 변함없이 그 자리에 서서 자기 몫을 다하고 있는데 나는 그동안 무엇을 했나? 아무것도 성취해 놓은 것 없이 어둠 속으로 사그라져 가려는 형제바위를 바라보는 마음은 허허롭기만 하다.

며칠 전 집에서 떠나올 때도 그랬다. 시큰둥하게 다녀오라고 인사를 하는 둥 마는 둥 바쁘게 출근하는 마누라가 맥 빠지게 했고, 이번 진급에도 빠진 나를 사탕 빨 듯 달콤하게 입에 올려대는 참새 떼들의 속삭임이 그랬다. 또 나를 제치고 승진되어 뒷자리에 앉아 여유로움을 보이는 후배 부장들을 볼 적마다 더 이상 내가 필요하지 않다는 생각이 들었다.

정 씨가 정말 섬에서 밤을 보낼 작정이냐고 술이 덜 깬 꺼칠한 눈빛으로 걱정된다는 듯 쳐다보았다.

하룻밤인데 무슨 일이 있겠냐고 여유 있게 말하고 내일 아침 오는 거나 잊지 말라고 당부했다.

옛날에는 뗀마(전마선)로 열심히 노를 저어 한 시간 반은 족히 걸렸다는데 모터보트의 속도에 쾌감을 맛보며 이십여 분 만에 뚝도를 찾아내는 묘기를 보였다. 정 씨는 멋있게 형제바위 앞으로 포물선을 그리며 흰 물살을 일으키고 뚝도 항에 대 주었다. 항이래야 자갈들이 수면 위에 보일 정도로 얕게 깔린 곳이었다.

나는 보트 앞을 밟고 훌쩍 뛰어내려 발이 물에 빠지는 것을 간신히 면했다. 정 씨는 내가 들고 온 가방을 던져 주었다.

"조심허슈, 내일 아침이요."

아직도 술이 덜 깬 걸쭉한 목소리로 소리치고 이제는 별 관심이 없다는 듯 금방 배를 돌려 형제바위를 돌아 깨지는 쇳소리를 내며 순식간에 멀어져 갔다. 보트 소리가 사라지자, 주위가 갑자기 조용해진 것 같았다. 잔잔하게 들려오는 파도 소리마저 없었다면 너무 고요한 적막함에 질식할 것 같았다.

나도 모르게 심호흡을 크게 했다. 이미 그러리라는

것을 각오했지만 이 넓은 바다 가운데 나 혼자라 생각하니 두려움이 머리카락 사이로 쭈뼛쭈뼛 솟아나는 것 같고 온몸이 움츠러드는 느낌이 왔다.

'너는 지금 무엇을 두려워하는가? 너는 점점 침몰해 가는 자신을 잊기 위해 이곳에 오지 않았는가. 자! 올라가자.'

나는 자신을 격려하며 내가 가장 편하게 숨 쉬고 뛰어놀던 곳, 어린 시절 추억이 있는 곳, 그리고 친구가 기다리고 있는 곳으로 걸음을 옮겼다.

생각난다. 저 돌계단, 드디어 내가 왔다. 어슴푸레하게 지형들이 눈에 들어오자 뭉뚱그리던 갈등이 없어지고 정신 나간 사람처럼 히죽히죽 웃으며 옛길을 더듬기 시작했다. 울퉁불퉁 엉성하게 놓인 돌계단을 올라와 주위를 살펴봤다.

집들이 없어진 빈터 밭고랑 사이로 오르내리던 좁은 길도 풀숲에 어렴풋이 눈에 들어왔다. 그리고 거뭇거뭇한 미역을 말리려고 바릿 장대에 걸어 놓은 것처럼 높은 곳에 잡초들이 흔들거려 흡사 나를 빨리 오라는 것같이 착각 속으로 끌어들였다.

섬 중턱 능선 쪽으로 푸르게 보이는 동백나무 숲

도 아직 그대로 있고 섬 꼭대기 둥글게 얹혀 있는 등대 바위도 쓸쓸하게 먼 수평선을 바라보고 있었다.

나는 동심으로 돌아가 가방에서 총을 꺼내 어깨에 엇비슷 걸고 무전기 스위치를 켰다. '여기는 철호! 여기는 철호! 재동이 나와라 오~버.' 아무 반응 없이 칙칙 소리만 나는 무전기를 입에 대고 신나게 불러대다가 탕탕, 타당탕, 어느새 총구를 앞으로 향해 들고 방아쇠를 당겼다 놓았다 하며 목청껏 소리쳐댔다. 어디선가 재동이가 금방 뛰어나올 것 같았다.

이렇게 아무도 보는 이 없이 동심이 되어 마음껏 소리치고 뛰어 본 게 얼마 만인가. 그 얄팍한 체면 때문에 마음대로 표출 못 하고, 속으로 삭이며 살아오지 않는가. 이 모든 가식과 허울 좋은 체통을 재동이가 훌훌 다 벗겨 주고 옛날로 데려가는 것 같아 속이 후련했다.

나는 재동을 만나려고 집터였던 텃밭 부근을 지나, 가파른 언덕 위 동백나무 숲이 무성해진 섬 중턱까지 정신없이 올라왔다. 숨이 차고 가슴이 터질 듯 두근거렸다. 이마에는 땀방울이 얼굴에는 회한의 눈물이 범벅되어 흐른다.

이제까지 살아오면서 오늘같이 옛날의 그리움에 복받쳐 가슴이 우그러지는 듯한 눈물을 흘려 보기도 처음이다. 고향이 무엇인지, 깨복쟁이 친구가 무엇인지, 그냥 막연하게 마음속에 묻혀 있을 뿐 그것이 얼마큼 나에게 소중한 것인지 모르고 지냈다.

그런데 지금 그것들이 나를 출세와 기성세대의 숱한 격식을 무너뜨리고 때 묻지 않은 아늑한 공간 속에서 편안하게 해 주고 있다. 이렇게 꿈같은 곳을 잊고 자식들의 눈치와 마누라와의 갈등을 이겨내려고 그렇게 오랜 세월을 자학하며 살았는지 답답하기만 했다.

한때는 사랑의 마음을 담은 편지를 주고받으며 하루하루가 즐거웠다. 양가 부모의 승낙과 친지들의 축복 속에 검은 머리가 파뿌리 되도록 살아가라는 말을 들었을 때는 모든 사람이 부러워하는 줄 알았고, 단칸방에서 한 가지 반찬으로 밥을 먹어도 우리는 오로지 앞날의 행복만 쳐다보고 살았다. 첫아들을 낳았을 때는 세상에서 우리만 제일 귀중한 자식을 얻은 줄만 알고 행복에 젖기도 했다.

세월이 흘러서 사회가 무섭게 발전했지만, 나의 지

위나 경제력이 한계에 머물다 보니 꿈도 희망도 서서히 허물어져 갔다. 자식 두 녀석을 대학교, 고등학교에 보내고 보니 나의 무능력이 여실히 드러났다.

내 적은 월급으로는 두 녀석의 뒷바라지가 제대로 되지 않아 마누라가 밑천 안 드는 보험회사에 다니고부터였다.

가정만 알고 지내던 마누라가 각계각층 여러 분야의 사람들을 알게 되면서 느끼게 된 것은 하늘과 같은 남편이 아니라 중소기업 과장이라는 것과 월급이 너무 초라하다는 것이다. 그렇다고 이십여 년간 같이 살아온 정마저 없어진 것은 아니지만 옛날처럼 남편의 위엄과 믿음직스러움이 없어졌다는 것이다.

자식들 뒷바라지와 집안 살림 그리고 보험회사의 바쁜 일과로 시간이 없는 마누라에게 오로지 나만 위해 살아 달라는 것도 욕심에 지나지 않았다.

오히려 회사 일이 밀려서, 고객한테 접대상 할 수 없이 한잔했다고 나보다 늦게 집에 들어와 잠자리도 못 하고 비실비실 마룻바닥에 쓰러질 때는 측은함보다 나 자신의 무능력에 비애를 느끼며 이제 나는 가정과 사회로부터 퇴물이 된 것 같았다.

하여 나는 퇴물이란 자책감에서 벗어나고 싶어 고향을 찾은 것이다. 그리고 동심을 찾은 것이다. 감회의 눈물을 닦을 겨를도 없이 동백나무 숲으로 들어갔다. 연녹색의 도톰한 동백잎이 풋풋한 냄새를 뿜기며 코끝을 감쌌다. 빽빽한 나뭇가지 사이를 지날 적마다 싱싱한 가지들이 후드득거리며 허리, 어깨 등을 간지럽혔다.

한참 만에 동백나무 숲을 헤집고 나와 잠깐 생각에 잠겼다. 이 근방인데! 주위를 두리번거리다 풀덤불이 올라와 수북하게 쌓여 있는 곳을 찾았다. 잡풀로 잔뜩 덮여 있지만 풀 속을 헤쳐 보니 아직도 자갈들이 듬성듬성 보였다.

이곳이 틀림없다. 여덟 살 때 친구의 무덤을 잊지 않기 위해 며칠 동안 형제바위 앞 자갈밭에서 자갈을 주워다 쌓아 놓은 곳이. 대충 풀을 뽑아내고 보니 돌무덤이 크지는 않지만 선명하게 드러났다.

총과 무전기를 돌무덤 앞에 가지런히 놓고 부동자세로 서서 손을 들어 경례를 붙였다. 그리고 복창했다.

"철호, 서울서 출발해 이곳에 무사히 도착했음. 총

과 무전기도 가져왔음. 이상!"

목소리에 기합을 넣어 크게 소리쳤다. 나도 모르게 흐르는 눈물 사이로 재동이의 맑게 웃는 모습이 선하게 비쳤다.

재동은 할머니 손에서 컸다. 재동이가 세 살 때 재동이 부모가 뗀마 타고 미역 채취하러 바다에 나갔다가 갑자기 불어닥친 돌풍에 휘말려 돌아가셨다고 했다. 그 후 재동의 할머니는 재동만을 위해 허리가 굽어도 힘든 줄 모르며 열심히 사셨다.

재동이 일곱 살 되던 해 봄이었다. 다른 때 같으면 재동이가 벌써 우리 집에 놀러 왔을 텐데 그날은 한나절이 넘었는데도 오지 않기에 내가 찾아갔었다. 재동이 할머니는 마당에서 섬 주위에 밀려 나온 미역을 주워다 말리던 중 나를 보고 반가워하시면서도 수심에 찬 표정이었다.

"옹야! 철호 왔나. 우짜노 우리 재동이가 홍역 앓이를 하는 중이데이. 니도 옮을지 모르니 섭섭해도 당분간 오지 말그레이." 하셨다. 그때 방에서 재동의 호들갑스러운 목소리가 들렸다.

"철호야, 철호야, 니 가지 말그레이. 니가 가문 내

는 심심해서 죽는데이. 우리 할무이는 순 거짓부렁쟁이데이."

나는 홍역이 무엇인지 몰랐다. 그저 재동이 아파서 못 나오니 나에게 애원하는 것으로 생각했다. 얼마나 아픈 건지 궁금해서 참을 수가 없었다.

"할무이, 내는 개안심더."

소리치고 혹 할머니한테 잡힐세라 얼른 방문을 열고 뛰어 들어갔다. 재동이 늦은 봄인데도 창문을 꼭 닫고 두툼한 솜이불을 가슴 위까지 덮고 어두침침한 아랫목에 누워 있었다.

"야! 재동아, 많이 아프냐?"

"아이다."

"아이긴, 빨리 낫그래이. 니가 안 나오니까 내도 심심하데이. 니, 뭘 해 주면 빨리 낫겠나?"

나는 갑자기 재동이 즐거워하는 모습을 보고 싶어 물어보았다. 처음에는 어벙하게 쳐다보고 있더니 금방 생각한 듯이 말했다.

"그라문 내가 좋아하는 것을 갖다 줄 수 있다 이 말이가?"

"하모, 니가 빨리 낫아 준다면 내는 뭐든지 들어

줄 수 있데이."

"그라문 꼭 들어주기다."

재동은 다짐받고자 윗몸을 일으켜 손가락을 내밀
었다. 나는 며칠 전에 형제바위 앞 자갈밭에서 납작
한 돌을 고르다가 우연히 흘러온 고무 물총을 주웠
는데 재동이 그것을 무척 갖고 싶어 하는 것을 알고
있었다. 틀림없이 고무 물총을 달라고 할 것을 짐작
하고 손가락을 걸었다.

"이제 말해 보거래이, 고무 물총이재?"

내가 이미 알고 있는 양 말하자 재동이는 좋아하
는 표정도 짓지 않고 아무 말 없이 머리를 설레설레
흔들었다.

"아냐? 내는 고무 물총보다 더 좋은 것이 없는데."

내 생각이 틀리자 나는 뒤통수라도 한 대 얻어맞
은 듯 멍청하니 재동을 쳐다보았다. 말없이 미소만
짓고 있던 재동은 힘없는 목소리로 말했다.

"내는 따발총하고 무전기를 갖고 싶데이."

"뭐라꼬? 따발총하고 무전기라 했나?"

너무 뜻밖의 요구에 당황한 나는 어이없는 표정을
지으며 재동에게 반문했다.

"따발총하고 무전기가 어디 있는데?"

"와 있잖노, 작년 이때쯤 군인들이 훈련한다고 따발총과 무전기 메고 우리 섬을 오르락내리락 안 했나?"

우리는 그때 군인들이 총을 메고 소리 나는 상자를 등에 지고 우리 섬에 올라와 주먹만 한 기구에다 뭐라고 말하는 것 보았고, 섬 꼭대기 올라가서 여러 명이 한꺼번에 탕, 탕, 탕, 섬이 쩌렁쩌렁 울리도록 소리 내며 총 쏘는 것이 멀리 떨어지긴 했어도 무척 재미있게 보았다.

우리는 할머니한테 물어보았다. 저 총은 무슨 총이고 등에 짊어지고 다니며 말하는 것은 무어냐고. 할머니는 우리에게 가르쳐 줄 수 있다는 게 좋으신지 조금은 흥분하신 듯 말했었다. 저 총은 총알이 사람 몽둥이를 뻥뻥 뚫고 지나가는 따발총이고 소리 나는 상자는 백 리 밖에서도 알아들을 수 있는 무전기라고.

나는 그때 세상에서 제일 신기한 물건이 따발총과 무전기라는 것을 알았고, 재동이 지금 그 물건을 원하고 있다니 정말 난감했다.

"그것은 장난감이 아니고 진짜데이. 내가 우째 그것을 가져올 수 있겠노?"

나는 난감한 표정을 지으며 재동이 얼굴만 쳐다보았다. 재동이는 네가 약속하고 손가락까지 걸었으니 빨리 가져오라는 표정을 짓고 태연하게 침묵만 지키고 한참 있다가 더 못 참겠다는 듯 "푸~하하"하고 웃음을 터트렸다. 그제야 나도 재동이가 억지를 부리고 있었다는 것을 알고 같이 웃었다.

그렇게 친하던 친구가 시름시름 앓다가 일주일 후 세상을 떠나고 말았다. 나는 그때 약속했다. 재동이가 없어도 제가 재동이 대신 할머니하고 있을 테니 울지 말라고. 그리고 재동이가 갖고 싶어 했던 총과 무전기도 내가 크면 꼭 갖다 줄 거라고. 그 말을 들으신 할머니는 나를 꼭 껴안고 "고맙데이. 내는 이제 철호만 보고 살란다"하시며 한없이 눈물을 흘리셨다. 그러나 할머니도 며칠 후 재동을 가슴에 묻은 채 돌아가셨다.

어슴푸레하게 낯 익어오는 이곳의 지형들을 기억해 내며 옛 생각을 곱씹어 보았다. 어느새 수평선에 애잔하게 걸려있던 석양이 숨어버리고 섬 주위를 맴

돌던 갈매기도 자취를 감췄다.

"그동안 많이 심심했지?"

나는 재동이가 금방이라도 대답할 것 같은 돌무덤에 등을 기대고 다리를 쭉 폈다. 이제까지 응어리져 맺혀 있던 그 무엇이 확 풀어져 빠져나가는 것 같아 속이 시원하다. 진작 올 걸 그랬다는 생각이 들었다.

섬 아래는 파도가 밀려와 바위에 부딪치며 고요한 공간을 울리며 속삭이듯 철썩이고 있었다. 하늘에는 수많은 별이 등대처럼 가물거리는데 유독 북두칠성 끝에 걸린 별이 돋보인다. 북두칠성, 이 별을 이렇게 맑은 하늘에서 본 지가 언제였던가.

재동이 죽기 전 여름밤에 재동과 마당에서 놀고 있을 때였다. 재동이 할머니가 먼 하늘을 쳐다보며 말씀하셨다.

"재동아, 저기 가운데 별이 느그 아부지별이고 그 옆에 있는 별이 느그 어무이 별이데이. 그리고 맨 끝에 있는 별이 우리 재동이 별인갑다."

"그라문 철호 별은 읍습니까?"

재동이 다그치자 망설이던 할머니는, "아이다. 저 별들에서 뚝 떨어져 밝게 보이는 것이 철호 별일끼

구마. 저 별들 일곱 개를 합쳐 북두칠성이라고 옛날 느그 할부지가 말했단다."

그날 밤 할머니는 다른 때와는 달리 별들만 정신 없이 쳐다보며 흥얼흥얼 타령 같은 노래를 하시는데 괜히 가슴이 답답하고 눈물이 나왔다.

언제부터인가 벌집처럼 빼곡히 차 있는 콘크리트 덩어리 속에서 생존경쟁이라는 과제에 매달려 시계추같이 움직이느라 자연의 신비로움도 동심의 꿈도 망각한 채 살아왔다.

아장아장 걸어 다니고 재잘대던 자식의 귀여움도, 잠시 떨어지기만 해도 허전하고 그립던 마누라도 세월의 흐름에 아물거렸다.

이제 모든 것을 잊고 자기 몸뚱이를 새끼들에게 내 주어 모두 파먹고 껍데기만 남은 어미 거미처럼 바람만 불면 모든 게 날아가 버릴 것만 같아 생각하면 생각할수록 허전해지는 마음을 달래며 풀 냄새가 풍기는 돌무덤에 기대어 잠을 청했다.

몹시 춥다. 이불을 덮어야겠다고 생각했다. 한 손으로 이불을 잡으려 더듬었지만 잡히지 않았다. 다른 손으로 다시 찾았지만 역시 이불이 없다. 겨우 눈을 떴다. 사방이 캄캄하다. 귓불을 스치는 바람 소리가 사납게 들렸다. 옷자락이 바람에 흔들리고 차가운 빗방울이 얼굴에 부딪쳐 흥건하게 적셔주고 있다.

그제야 잠에서 깨어 내가 재동이 무덤에 와 있다는 것을 알았다. 잠들기 전까지도 그렇게 맑던 하늘은 거짓말처럼 캄캄했다. 하늘이 캄캄하니 지척을 분간하기도 어려웠다. 그래도 나는 움직였다. 본능적으로 추위를 피해 보자는 생각에 주위를 더듬거렸다. 가방이 손에 잡혔다. 잠바를 꺼내 입었다. 덜덜 떨리던 턱이 다물어지고 다소 한기가 없어지는 것을 느꼈다.

자장가처럼 잔잔하게 들려오던 파도 소리가 언제 변했는지 지금은 수많은 탱크가 지축을 울리며 다가와 무한정 포를 쏘아대는 것 같다. 파도 소리가 이렇게 요란한 것으로 봐 날이 새도 보트는 올 수 없을 것 같다. 어쩌면 하늘이 내 마음을 알고 비와 바람을 보냈는지 모르겠다. 하늘에 맡기자. 그것이 내가 할 수 있는 마지막 선택인지도 몰라. 마음을 정하니 비도 바람도 추위에 떨림도 모두 떠나 버렸다.

재동은 역시 내 마음을 알아주는 좋은 친구다. 이

제 우리는 오래오래 같이 있자. 나도 재동이 할머니 같이 두 팔을 벌려 가슴으로 재동을 감싸고 엎드렸다. 이제야 할머니의 마음을 조금 알 것 같다.

갈수록 파도 소리는 귀청이 울릴 정도로 커지고 바람도 더 세차게 불어 나뭇가지들을 흔든다. 빗방울은 내 몸뚱이를 마구 때리고 있지만 평온해진 나는 그것들을 두려워하지도, 거부하지도 않는다. 아니 꼼짝할 수가 없었다. 고등학교 다닐 때도 이렇게 꼼짝할 수 없을 때가 있었다.

지금 내가 다니는 회사에 급사로 취직해 야간고등학교를 다닐 때였다. 그날도 변함없이 회사 일을 마치고 학교 가느라고 시내버스를 탔는데, 사람이 너무 많아 간신히 비집고 들어가 중간쯤에 서서 몇 정거장 지날 즈음 내 옆 조금 떨어진 곳에서 갑자기 한 여자의 외침이 들렸다.

"아! 내 목걸이! 아저씨, 누가 내 목걸이를 금방 채 갔어요."

다급한 여자는 운전기사한테 어떻게 해서라도 찾아달라고 애원하는 목소리였다. 잠깐 침묵이 흐르고 뒤쪽에서 누가 소리쳤다.

"차 문 열지 말로 가까운 파출소로 갑시다. 나도 얼마 전에 지갑을 버스에서 잃어버렸어요. 소매치기는 꼭 잡아야 해요."

 굵직한 남자 목소리가 버스 안을 압도했다. 그러고는 잠시 후 "그럽시다. 파출소로 갑시다!"

 동시에 여기저기서 찬성하는 소리가 들리며 버스 안이 술렁대기 시작하자 버스 기사도 할 수 없는지 한 정거장을 그냥 지나 파출소 앞에 세웠다. 버스 기사가 먼저 내려 순경한테 말하자 순경은 앞문으로 한 사람씩 내리게 하고 차례대로 몸수색했다.

 한참 후에야 내 차례가 되어 순경 앞에 섰다. 그런데 어떻게 된 일인지 순경은 내 교복 상의 호주머니에서 누런 금목걸이를 찾아낸 것이다.

 나는 갑자기 목걸이 도둑이 되어 모든 사람의 욕설과 수모를 받으며 파출소에서 경찰서로 넘어갔다. 나를 조사하는 형사는 일당이 누구이며 어느 조직이냐고 호통치며 무조건 대라고 닦달했다.

 나는 도둑이 아니라고 수없이 말했지만 혼 좀 나야 바른대로 말하겠냐며 혹독한 고문이 시작되었다. 어느 때는 숨이 막혀 금방 질식할 것 같기도 했고,

전신이 쩌릿쩌릿 떨리며 몸뚱이가 다 말라비틀어지는 것 같기도 했고, 어떤 때는 수백 미터 물속을 헤매다 엄청난 수압에 눌려 숨이 끊어지는 것 같기도 했지만 고통스럽다고 죽을 수도 거부할 수도 없는 때가 있었다.

그때는 담임선생님의 사정과 보증으로 소매치기가 급하니까 학생 호주머니에 장물을 넣은 것으로 사료됨이라는 서류에 도장을 찍고 나왔지만 지금은 담임선생님의 보증도, 인정 있는 순경도 없다. 그저 내 가슴 속에 나의 다정한 친구 재동이 숨 쉬고 있을 뿐이다.

비몽사몽간에 엎드려 얼마나 있었는가. 얼핏 갈매기가 날아가는 것이 보였고, 전신이 굳어진 것 같은데 또 앞이 훤히 보였고 비는 계속 줄기차게 쏟아지고 있었다.

보이는 게 있으니 일어나고 싶었다. 그것은 마음뿐 일어나지지 않았다. 그냥 손가락만 움직여 보았다. 움직이고 있었다. 팔에 힘을 주어 보았다. 조금은 움직인다. 한참 만에 두 팔에 힘을 주어 땅을 짚고 가슴을 들어 벌렁 하늘을 보고 누웠다.

빗방울이 억수같이 쏟아져 얼굴을 때렸지만 그 사이로 하늘의 시꺼먼 구름이 보였다. 고개를 살며시 움직여 보았다.

그제야 내가 할 일이 생각났다. '집에 가야 해, 그것이 내가 할 일인가? 재동은 어떻게 하고, 재동이! 재동이는 어디 갔지? 집에 갔을 거야! 나도 가야지'

다리에 힘을 주어 일어섰다. 불편했지만 걸을 수 있다. 몇 걸음 걸었다. 동백나무 숲을 헤치고 나오니 마을 쪽으로 재동네 집이 보였다. 돌과 진흙으로 야트막하게 쌓아서 벽을 만들고 함석과 루핑으로 지붕을 덮어 허리 굽혀 가까스로 들어갈 수 있는 토담집, 강풍 때문에 지붕을 일부러 얕게 만들어 바람을 피하게 한 작은 집들이 돌담에 둘러싸여 하나둘 눈에 들어왔다.

'가야지. 재동이 기다릴 거야' 몇 걸음 옮겨 놓다 비탈진 곳에서 굴렀다. 걸어가는 것보다 쉬웠다. 얼마만큼 굴렀는지 모른다. 벌써 재동이 집까지 왔나? 재동이 할머니가 심어 놓은 푸성귀가 푸릇푸릇 보였다. 언제 심었는지 담장 뒤 대추나무 열매가 흔들리는 것이 희미하게 보인다.

힘없이 내려앉은 눈꺼풀 사이로 아물아물 산모퉁이가 보인다. 그리고 산모퉁이에서 은은한 기적 소리가 들려왔다.

길게 이어진 기차가 오는가보다. 나는 기차를 타야 한다. 멀리멀리 갈 수 있는 곳으로 …….

톨게이트

마정신없이 집을 나와 자동차 시동을 걸기 바쁘게 출발했다. 이른 새벽녘의 한적한 도로를 거침없이 달리다 보니 어느새 상일동을 지나 중부고속도로에 진입해 있었다. 만남의 광장을 지나자 멀리 톨게이트가 보였다.

톨게이트는 입구부터 길게 늘어선 전신주마다 희뿌연 빛을 내뿜고 있는 전구가 매달려 있고, 차츰 넓어지는 광장으로 들어서자 적막감마저 도는 노란 선들이 어지럽게 그려져 있다.

그 선을 따라 출구로 들어서자 어디선가 '표를 받아 가세요' 하는 날카로운 기계음과 동시에 옆에 서 있는 기둥 옆구리에서 표가 '툭' 튀어나왔다.

나는 왼쪽 팔을 뻗어 표를 뽑아 옆 의자에 던지고

는 액셀러레이터를 힘껏 밟았다. 아직 이른 새벽이라 뒤따라오는 차도 없는데 도망치듯 빠져나왔다.

잠깐 사이에 희뿌연 시야마저 사라지고 검은 연기처럼 짙은 안개가 깔려있다.

나는 짙은 안개로 무기력해진 라이트 불빛에 의지한 채 앞으로 나가야 했다. 전신이 긴장되어 답답한 마음을 고속도로라도 마음껏 달려 풀어보려던 나의 기대는 그대로 안개 속에 묻혀버렸다. 그 순간 떠올리고 싶지 않은 아내의 일그러진 얼굴이 안개 속에서 오락가락했다.

어제저녁 일이다. 마음 같아서는 속이 풀릴 때까지 두들겨 패버리고 싶었지만 어줍게 후려치고 말았다. 속이 시원할 줄 알았는데 그렇지도 않았다. 시원하기는커녕 때린 만큼 가슴에 응어리 같은 게 뭉쳐지는 건 무슨 조화인지. 나는 항상 그랬다.

웬일인지 근래에 들어와서는 더 마음이 약해져 무엇 하나 자신 있게 결정하는 게 없었다. 어쩌면 나이 오십을 앞두고 겨우 과장으로 진급한 자체가 나를 기죽게 했는지도 모른다.

같은 연배인 동료들은 벌써 부장 자리에 앉아 이사 자리를 넘보고 있는데, 나는 겨우 과장 진급이라니 얼마나 무능한가. 발령장을 받아 들고 사장실을 나왔을 때는 절로 한숨이 나왔다. 그것도 진급이라고 강원도 강릉출장소로 발령이 났기 때문이다. 다른 직원들도 지방 생활을 하는데 나라고 못할 일이 있겠냐고 자위해 보았지만 마음이 편치 않았다.

집밖에 모르던 아내가 나의 적은 월급에 쪼들리다 못해 몇 해 전 자동차 보험설계사로 일하기 시작했다. 처음에는 아내가 보험회사에 나간다기에 무조건 반대했었다. 고객을 유치하기 위해 우리 사무실에 가끔 찾아오는 여자 설계사들만 보면 마치 성에 굶주린 야생 동물처럼 이상한 눈초리로 바라보며 음탕한 말만 늘어놓는 동료들이 떠올랐기 때문이다.

그러나 아내는 좋아서 하는 줄 아느냐고, 아이들이 커가며 쉴 새 없이 들어가는 돈을 뭐로 감당하냐고, 그렇게 마누라를 아낀다면 남들처럼 돈이라도 많이 벌어다 주면 될 거 아니냐고, 오히려 큰소리치는 데는 나도 할 말이 없었다. 결국 가정생활에 리듬이 깨지지 않는 범위 내에서 해보라는 조건으로 승낙하고 말았다.

초기에 아내는 아침 늦게 나갔다가 저녁때가 되기 전에 들어와 나와 아이들이 불편한 줄 몰랐었다. 그러나 그것은 고작 한두 달, 점점 늦어지기 시작하더니 어느 날은 술 냄새를 물씬 풍기며 밤 열두 시를 넘길 때도 있었다. 한때는 남들이 그러는 걸 흉으로 알던 아내가 변해도 너무 많이 변하고 있었다.

"당신, 가정주부가 이래도 되는 거야?"하고 호통이라도 칠라 싶으면, 모두가 고객 관리 차원에서 일하다 보니 늦어지는 걸 어떡하냐고 도리어 나에게 따지기도 했다. 처음에 어처구니가 너무 없어서 아무 말도 못 했고, 지금은 아예 그러려니 체념하고 만다.

그러나 더 참을 수 없는 건 아내의 수입이 많아지면서 사치스러워지고 낭비벽이 생긴 것이었다. 몇 해 전만 해도 속옷이나 양말을 꿰매던 알뜰함은 온데간데없이, 수시로 백화점을 드나들며 옷을 사 입고 코와 쌍꺼풀을 수술하는 데 수백만 원을 써버리는 것이다.

그뿐 아니다. 어쩌다 저녁에 옷을 갈아입는 것을 보면 나도 모르게 외면하고 만다. 아내는 손바닥보다도 작고 투명해 거의 치부가 다 비쳐 똑바로 보기마저 민망한 팬티를 걸치고 있었다. 코와 눈은 그렇다고 치더라도 도대체 그 요사한 팬티는 과연 누구에게 보여 주려는 것인지 이해가 안 되었다.

그래도 나이 사십이 넘도록 한번 입어보고 싶었던 것이려니 이해하고, 또한 내가 해 주지는 못할망정 자기가 벌어서 사 입는 데야 어쩌겠는가 싶어 참아 왔다.

그러나 아내의 호출기에 음성 신호가 올 적마다 안방으로 들어가 속닥거리며 전화 거는 것을 보노라면 전신의 피가 거꾸로 솟는 것만 같았다.

이러다간 정말 남들이 말하는 의처증 환자가 되고 말 것 같았다. 그때마다 이십여 년을 살아온 믿음으로 자신을 위로하고는 했다. 그렇다고 나의 기우가 쉽게 해소되는 건 아니다. 아내는 내가 안중에도 없는지 날이 갈수록 아주 작은 일에도 신경질을 내곤 했기 때문이었다.

어제 일만 해도 그랬다. 이미 강릉으로 발령 난 것은 어쩔 수가 없는 일이었다. IMF 시대에 감원 대상에서 벗어나 그나마 과장이라도 된 건 다행한 일이라고 자위했다. 더구나 주문진에 처가가 있고 강릉에서 처남이 고등학교 선생을 하고 있으니 한결 마음이 든든했다. 하지만 한창 예민하게 커가는 아이들을 갑자기 아내에게만 떠맡기게 되어 여간 미안하지가 않았다.

"내 걱정은 하지 말어. 처남이 있으니 아주 객지는 아니잖아. 하지만 내가 집을 비우게 되니 당신이 많이 힘들 거야. 바쁘더라도 시간을 내어 일찍 들어와 애들 일에 신경을 써 주었으면 좋겠어."

나는 집을 떠나면서 아내에게 조금이라도 위로와 도움이 되었으면 하는 마음에서 한 마디 덧붙였다.

"내가 언제는 아이들한테 신경 안 쓰고 살았어요? 어떻게 당신이 그렇게 말할 수 있어요. 나도 당신이 하는 만큼은 다 했어요!"

아내는 정색하며 앙칼스럽게 쏘아 댔다. 그때 그 눈동자는 아주 사생결단이라도 낼 것처럼 매서웠다. 그 순간 차가운 전율이 내 등골을 오싹 스치고 지나갔다. 내가 뭐 못 할 소리를 했다고 날이 새면 멀리 떠나야 할 사람한테 이게 될 법이나 한 말투인가 하는 생각이 들자 얼굴에 열이 확 올랐다.

"뭐 이딴 게 있어!"

나도 모르게 치밀어 오르는 분을 참지 못하고 순식간에 손바닥으로 아내의 얼굴을 후려친 것이었다.

갑작스러운 일격에 아내가 두 손으로 얼굴을 감싸고 방바닥에 쓰러지던 모습이 아직도 눈에 선하다. 결혼 생활 이십 년이 다 되었지만 손찌검은 처음 있는 일이었다.

그 모든 것을 잊고자 고속도로를 마음껏 달려보려 했지만 지척을 분간할 수 없는 안개가 가로막았다. 그래도 조급한 마음을 다스리지 못하고 액셀러레이터를 꾹 밟았다. 차가 휘청 흔들리며 앞으로 나가려는 순간 시커먼 물체가 갑자기 어디서 나타났는지 앞을 막았다. '악!' 나도 모르게 외마디 소리를 지르며 브레이크를 힘껏 밟았다.

'끼익 ……'

타이어 끌리는 소리가 전신을 움츠리게 했다. 앞에 나타난 것은 기차 화통처럼 무지막지하게 큰 싸이로가 탑재된 시멘트 벌크 차였다. 차가 얼마나 큰지 서서히 굴러가고 있는 타이어 한 짝이 티코인 내 차 전체보다도 더 크게 보였다. 자칫 했으면 저 큰 바퀴 속으로 깔려 들어갈 뻔한 걸 생각하니 머리카락이 쭈뼛했다.

가까스로 정신을 차리고 보니 벌크 차는 아무 일 없었다는 듯 안개 속을 유유히 헤치며 가고 있었다. 그렇지 않아도 마음이 편안하지 않은데 이런 트럭까지 나를 놀라게 했다는 것이 여간 화가 나는 게 아니었다.

'개새끼, 천천히 가려면 2차선으로 갈 것이지 왜 1차선으로 가는 거야. 화물차 주제에.'

혼자 중얼거리며 2차선으로 나와 빠르게 벌크 차를 추월했다. 벌크 차를 추월하자 조금은 시원한 것 같았지만 안개 속을 달리기는 마찬가지였다.

얼마쯤 시간이 지난 후 차가 된소리를 내기에 조심스럽게 주위를 살펴보니 아주 가파른 언덕길을 오르고 있었다. 안개를 뚫고 가까스로 언덕에 올라와 보니 생각보다 높은 곳이었다.

더 신기한 것은 내려다보이는 아래로는 거짓말처럼 안개 한 점 없이 맑아 라이트 불빛이 아래 숲까지 선명하게 비치고 시야를 밝히자 답답했던 가슴이 확 풀어지고 지금껏 어둡던 긴 터널을 뚫고 나온 것처럼 속이 후련했다.

　나는 라이트를 상향 조정하여 앞을 환하게 비추고 마음껏 속력을 냈다. 차는 세찬 바람 소리를 일으키며 경쾌하게 달리기 시작했다.

　새벽녘의 한적한 도로를 마음껏 달리자 그동안 응어리져 있던 모든 것이 확 풀어지는 듯 시원했다. 머릿속에 꺼림칙하게 남아 있던 아내 생각도, 아이들과 떨어져 지내야 한다는 허전함도, 바람 속에 모두 날려 보낸 것처럼 마음이 가벼웠다.

　차도 덩달아 새처럼 가볍고 빠르게 달렸다. 중앙 분리대의 칸막이가 경쟁하듯 빠르게 스쳐 가고, 도로 변의 나무들도 차의 불빛에 소스라치듯 놀라 흔들리며 스쳐 갔다.

　사실 아내를 때린 것은 그 당시 화가 나서만은 아니었다. 지금까지 같이 살아왔지만, 아내가 행실이 어긋나는 부끄러운 행동을 할 사람이 아니라고 믿어 왔다.

　그런데 근래에 와서 갑자기 변해가고 있었다. 하루가 다르게 짙어가는 화장과 늦어지는 귀가 시간, 거칠어지는 행동과 말투, 이런 것들이 내 마음속에 불만으로 잠재되어 있다가 순간적으로 폭발한 것이다. 이러한 나의 마음을 알지 못하는 아내는 맞은 게 분한지 악을 써가며 대들었다.

"그래, 나이 오십에 그 잘난 과장 되었다고 이제는 사람까지 마구 쳐? 아주 죽여라, 죽여. 나도 이 꼴 저 꼴 보고 싶지 않으니 차라리 죽여 버리고 가!"

방바닥에 엎어졌던 아내가 벌떡 일어나 나의 멱살을 움켜잡고 핏발이 선 눈으로 쏘아보며 달려들었다. 그때는 수백수천 번 주먹질하고 싶었지만 독기 서린 아내의 얼굴을 보는 순간 오히려 측은하다는 생각에 마음이 약해진 나는 건성으로 화를 내는 척 소리 지르며 아내를 방구석으로 밀쳐 버리고 거실로 나왔다.

소파에 앉아 담배를 피워 보지만 안정이 안 되고 아내를 때리던 그 화가 그대로 남아 손발이 부들부들 떨렸다. 다시 일어나 거실을 서성이다 진열장 앞에 양주병이 눈에 띄었다.

진열장 문을 열고 양주병을 잡았다. 비닐로 봉합이 잘 되어 있는 병마개 부분을 이빨로 마구 뜯어내고는 병마개를 열자마자 나발을 불었다.

정신없이 마시고 나니 뱃속이 짜릿해지고 흥분이

조금은 누그러졌다. 안주 대신 재떨이에서 다 타들어 가는 담배를 다시 집어 한 모금 깊게 빨아 내뿜었다. 내뿜어진 연기는 거침없이 희뿌옇게 거실 안을 휘감 았다.

어느덧 나는 넋을 잃은 사람처럼 다 비어 버린 양 주병과 흩어지는 담배 연기를 물끄러미 바라보는 몰 골이 되었다. 그때 맞은편 벽에 붙어 있는 뻐꾸기시 계가 '뻐꾹뻐꾹' 조용한 거실 정적을 깨뜨렸다. 그 순간 오늘 여덟 시까지 강릉 출장소로 부임해야 한 다는 생각이 불현듯 떠올랐다.

'빠아앙.' 마치 기적 소리처럼 커다란 울림이 뒤통 수를 쳐 나를 소스라치게 했다. 백미러를 보니 언제 다가왔는지 눈을 뜨지 못할 정도로 밝은 상향 헤드 라이터를 켠 벌크 차가 곧 받아버릴 것처럼 달려오 고 있었다. 반사적으로 액셀러레이터를 힘껏 밟았다. 조금만 늦었어도 벌크 차와 부딪쳤을는지 모른다.

안개 지역을 벗어난 게 다행이다 싶었다. 얼마나 놀랐던지 지난밤 아내 일도 잊고 전속력을 내어 달 렸다. 어느 정도 달리었을 때 다시 백미러를 보다가 가슴이 철렁 내려앉았다. 그 큰 벌크 차가 아직도 내 차를 바짝 따라오고 있기 때문이었다. 마치 내 차를 깔아뭉개 버릴 기세였다.

내가 타고 있는 차는 800cc급 경차인 티코였다. 저 큰 차가 그냥 밀어 버린다면 마치 종잇장처럼 아스팔트에 깔리고 말 것이다. 생각만 해도 몸서리가 쳐졌다.

'안되지! 난 아직 할 일이 많다구.'

나는 미친 듯이 중얼거리며 최대한 속력을 내어 달렸다. 살아야 한다는 그 어떤 힘이 발동해 정신없이 달렸다. 이 정도 달렸으면 벌크 차와 사이가 벌어졌겠다고 생각하며 백미러를 다시 보았을 때 벌크 차는 조금도 변함없는 간격으로 따라오고 있었다.

"저놈, 미친놈 아냐!"

"그래, 너 같은 덩치 큰 놈을 이 쪼그만 티코가 추월해서 미안하다. 그렇다고 그렇게 무지막지하게 겁을 줘! 에라, 이 나쁜 놈아. 너는 평생 커다란 트럭만 운전하고 살 줄 아냐. 그래, 그게 소원이라면 무덤 속까지 벌크 차만 끌고 가라."

벌크 차 기사가 들을 리 만무하지만 나는 목청껏

소리치며 속력을 내었다. 조금 전 곤지암을 지났으니 조금만 더 가면 호법 인터체인지가 나온다. 나는 그때 영동고속도로로 가 버리면 그만이라는 생각에 최대한 속력을 냈다.

고속도로는 아직도 가끔 라이트 불빛만 멀리 비쳤다가 사라질 뿐 한적했다. 이제는 됐다고 여유 있게 한숨을 돌리며 호법 인터체인지로 들어서며 '잘 가라, 이놈아.' 하고 크게 소리쳤다.

그런데 대전 쪽으로 지나갈 줄 알았던 벌크 차가 주저하지 않고 영동고속도로로 들어와 변함없이 내 차 뒤를 바짝 따라붙었다.

'아니, 저놈이 나를 아주 죽이려고 작심했나!'

이제는 오기나 자존심을 내세워 1차선만을 고집할 때가 아니었다. 나는 곧바로 2차선으로 바꿨다. 그런데 1차선으로 휙 지나가야 했을 벌크 차가 보이지 않는다.

그 순간 내 차의 룸미러에 눈이 부시도록 불빛이 환하게 들어찼다. 어느 사이 벌크 차도 2차선으로 바꾸어 내 차 뒤를 거머리처럼 바짝 따라붙고 있었다.

왠지 예감이 좋지 않다. 이러다간 정말 벌크 차에

부딪혀 죽을 것만 같았다. 혹시나 하는 마음에 한 번, 두 번, 세 번 차선 변경을 하며 달려 보았지만 벌크 차는 추월도 하지 않고 내 차 뒤로 따라붙었다. 이런 급한 상황에 내가 브레이크라도 살짝 밟는 날에는 소리 한 번 못 지르고 저 큰 벌크 차에 깔려 박살이 나고 말 것 같았다.

지금까지 상황으로 보아서는 벌크 차가 의도적으로 나에게 위협을 가하며 즐기려는 것 아니면 아주 죽여 버리려는 것 아닌가 하는 생각이 들었다.

'왜? 그까짓 추월 한 번 했다고! 그럴 리가? 내가 죽어서 지놈한테 무슨 도움이 된다고. 아냐! 그러고 보니 수상하다. 내가 출발하려고 현관을 나올 때 방에서 전화 거는 소리가 났어.'

"곧 출발할 테니 나중에 욕 안 먹도록 잘해."

'그래! 아내가 그렇게 말했어. 혹시 ……? 설마 ……! 아냐! 그랬을지도 몰라. 내가 출발한다는 것을 저 벌크 차 기사에게 알려 줬는지!

그러고 보니 요사이 뭔가 이상한 예감이 스치곤 했어. 그래, 이것은 틀림없는 계획적인 살인 음모야. 그러고 보니 생각난다. 그때가 한 달쯤 되었지. 아내가 다니는 보험회사로부터 상해 보험증서가 우편으로 온 것을 내가 편지함에서 꺼내 온 것이. 그것도 두 장씩이나. 그 보험증서에는 틀림없이 내 이름이 적혀 있었고, 액수도 우리 형편으로는 상상도 못 할 만큼 큰 것이었어.

그날 아내에게 웬 보험을 그렇게 큰 것을 들었느냐고 물었더니 움찔 놀라며, 실적이 없어서 우선 이 달만 든 것이라고 했었지. 그 보험금을 타 내려고 아내는 벌크 차 기사와 계획한 게 틀림없어. 기사와 어떤 관계인지는 모르지만 저 큰 차로 나를 깔아뭉개 봤자 벌크 차 기사는 운전 과실로 몇 개월 감옥살이 하면 그만이잖아.

이 어려운 IMF 시대에 엄청난 돈을 벌 수 있는데 그까짓 몇 개월의 감옥살이쯤이야. 더군다나 아내가 합의서만 써 주면 그나마 감옥살이도 면하게 될 텐데. 아! 이런 일이. 신문에만 나는 남의 치정 이야기인 줄 알았는데 나에게 닥치다니!

생각할수록 어처구니없는 이 상황을 어떻게 대처해야 할지 막연하기만 했다. 더군다나 벌크 차의 의도를 알고부터는 대처보다는 오금이 저리고 전신이 마비되는 것처럼 온몸을 꼼짝할 수가 없었다. 그저 부들부들 떨리는 두 손으로 핸들만 꼭 움켜쥔 채 액셀러레이터만 꾹 밟고 있을 뿐이었다.

차가 조금이라도 더 빨리 달렸으면 좋으련만 어쩐 일인지 오히려 속력이 떨어지는 것 같아 안타까움만 더 했다. 마치 꿈속에서 빨리 도망가려 해도 오금이 펴지지 않아 애만 태우는 그런 상황이었다.

꿈이라면 확 깨 버리면 그만이지만 지금은 꿈이 아니고 현실이었다. 한번 죽으면 무슨 일이 있어도 찾을 수 없는 단 하나의 목숨을 지금 벌크 차에게 잃어버릴 걸 생각하니 너무 두려웠다.

'빠아앙' 벌크 차 기사는 나를 조롱하듯 귀가 질근거리도록 크게 클랙슨을 울렸다. 얼마나 소리가 큰지 차체가 드르륵 떨린다. 드디어 벌크 차가 내 차를 받아 버리겠다는 신호인 것 같았다.

"안 돼!"

나는 악을 쓰며 오금 저린 발로 액셀러레이터를 질끈 밟았다. 최후의 발악이었다. 그때 마치 벌크 차의 압력에 떠밀리기라도 한 듯 내 차가 휭하니 앞으로 나갔다. 아직 받치지 않은 게 확실했다. 그러나 이미 나는 벌크 차의 위력에 압도되어 전신이 뻣뻣하게 굳어져 거의 본능적으로 핸들만 꼭 쥐고 있을 뿐이었다.

발꿈치에 힘을 주어 더 속력을 내려 했지만 차는 나의 급한 마음을 따라주지 않았다. 아니 내 차가 따라주지 않는 게 아니라 벌크 차가 더 빠르게 쫓아오고 있다.

이 꼴은 마치 고양이가 쥐를 갖고 노는 형국이었다. 나는 죽을 때 죽더라도 최선은 다해야 한다는 각오로 핸들만은 놓치지 않은 채 앞만 주시했다.

지나가는 차들이라도 있으면 어떻게 구원이라도 청해보겠는데 워낙 이른 새벽이어서 그런지 지나가는 차들조차 보이지 않았다. 나는 그저 죽은 목숨이나 다름없다는 자포자기 상태에서 앞으로 쏟아져 들이치는 아스팔트만 정신없이 바라보며 무의식적으로 달렸다.

그때 번갯불처럼 빠른 묘안이 떠올랐다. 지금 달리고 있는 길 앞에 아주 가파른 언덕이 눈에 들어온 것이다. 트럭들은 언덕길에서는 속력을 내지 못하니 중턱까지 빨리 가서 차를 세우고 벌크 차가 덮치기 전에 차에서 탈출할 수만 있다면 살 수 있을 것 같았다. 희망이 생기자 뻣뻣하게 굳었던 몸도 풀리는 것 같고 액셀러레이터를 밟고 있는 발에도 힘이 생겼다.

할 수 있는 한 밑에서 탄력을 많이 받으려고 최고의 속력을 내었다. 탄력을 얻어야 언덕 올라채기가 쉽기 때문이었다. 살 수 있다는 희망 때문인지 차는 언덕길을 가볍게 올라 벌써 언덕 중턱쯤에 오르고 있었다. 엔진이 부서지는 듯한 소리를 내면서도 이렇게 잘 달려주는 게 꿈만 같았다.

이쯤 되면 상당한 거리가 벌어졌으리라 생각되어 얼른 내리려고 백미러로 뒤를 살폈다. 그러나 나의 기대는 기대에 불과했다. 벌크 차에는 시멘트가 한 움큼도 실려 있지 않았는지 오히려 아까보다 더 가까이 추격해 오고 있었다.

실낱같은 희망도 여지없이 뭉그러졌다. 도대체 이런 상황에선 어떻게 해야 할지 그저 막막하기만 했다. 어쩔 수 없이 핸들에 매달려 액셀러레이터만 죽어라 밟고 있을 뿐이었다. 지금 내가 어디쯤 달리고 있는지도 모르고 거의 포기 상태에서 달릴 뿐이었다.

그러나 너무 시달림받으며 쫓기다 보니 '차라리 죽어버릴까?' 하는 생각이 들었다. 그래, 그냥 여기쯤에서 끝내 버리자. 더 이상 저 더러운 놈의 노리개가 되지 말자. 마음을 굳히자 그렇게 살고 싶어 죽을 둥 살 둥 액셀러레이터를 밟았던 발에 힘이 서서히 빠졌다.

그런데 이상했다. 이쯤 되었으면 벌크 차가 내 차를 벌써 받아버려야 했는데 아직도 내 차에는 아무런 충격이 오지 않았다. 얼핏 백미러를 보니 벌크 차도 속력을 줄여 아까와 똑같이 아슬아슬한 간격을 유지하며 따라올 뿐이었다. 마치 그 어떤 쾌감을 느끼려는 듯 오만하게.

나는 그제야 벌크 차 기사의 의도를 알만 했다. 저놈은 여태껏 나에게 겁을 주어 나 스스로 실수를 해 도로 밖으로 팅겨 나가거나 분리대를 들이받아 죽어버리도록 유도하려는 것을. 그렇게만 된다면 벌크 차 기사는 완전 범죄가 성립되어 감옥에 가지 않아도 될 것이다.

'틀림없다. 저놈은 완전 범죄를 만들기 위해 나에게 겁을 주고 있는 거야. 그렇게는 못 하지. 네 놈 잘

먹고 잘살라고 내가 죽어? 설사, 내가 죽더라도 네 놈한테 깔려 죽으련다. 절대로 실수하지 말자. 내가 죽을 땐 저놈이 고의로 사고를 냈다는 증거가 남도록 죽어야 한다. 어떡하면 저놈이 계획적인 살인을 했다는 증거를 남기고 죽을 수 있을까?'

나는 살아야 한다는 것보다는 벌크 차가 고의로 사고 냈다는 것을 경찰이 찾아낼 수 있는 죽음을 택하기로 했다. 절대로 실수를 해서 고속도로 밖으로 튕겨 나가거나, 저놈이 실수로 나를 받아 죽은 것처럼 되어서도 안 된다고 생각했다.

'피해야 한다. 필사적으로 피하려는데 벌크 차가 쫓아와 받게끔 유도해야 한다. 그래야 저놈이 의도적이었다는 게 증명될 것이니까. 이놈아! 쥐도 막다른 길에 서면 고양이를 문다고 했어. 그렇게 호락호락 네 놈 입맛대로 개죽음을 당할 순 없어.'

나는 오기가 발동해 두려움도 잊고 벌크 차를 유인하기 위해 속도 조절을 해가며 지형을 세심하게 살피기 시작했다.

그때 짐을 가득 실은 2.5톤 트럭이 천천히 앞에 가고 있는 게 보였다. 어쩌면 살 수 있다는 기대감으로 구원을 청해 보고 싶었다.

나는 트럭 뒤로 바짝 붙어 쫓아가며 비상 경고등을 켜고 클랙슨을 계속 눌렀다. 이 정도면 앞 차 기사가 관심을 가질 줄 알았는데 아무 반응도 없이 계속 같은 속력을 유지하고 있었다.

그때 밝은 불빛이 내 차 안을 환하게 비쳤다. 벌크차의 커다란 라이트 불빛이 앞 차에 반사되어 내 차 안으로 모두 쏟아져 들어 온 것이다.

지금 이 순간 벌크 차가 약간만 내 차를 건드리면 내 차는 앞차 밑으로 쑤셔 박혀 박살이 날 상황이 되고 말았다. 이건 오히려 위험을 피하려다 위험을 자초한 셈이 되었다.

손에는 땀이 흥건히 배어 핸들이 미끄러웠지만, 내가 생각해도 놀랄 만큼 능숙하게 핸들을 조작해 바로 중앙선을 넘어 반대편 차선으로 들어갔다. 이런 곡예 운전은 내 차가 경차였기에 가능했을 것이다. 그 순간 벌크 차가 부서지는 듯한 요란한 소리와 함께 타이어 끌리는 소리가 '끼이익' 하고 날카롭게 들렸다.

벌크 차가 내 차의 갑작스러운 돌출 행동에 놀라

브레이크를 밟은 것 같았다. 웬만한 기사 같으면 내가 쫓던 트럭을 받았을 텐데 브레이크 소리만 들린 것으로 보아 매우 노련한 기사라 생각되었다.

어쨌든 나에게는 아까운 순간이었다. 나 또한 다행히 반대편에서 오는 차가 없었기 망정이지 만약 반대편에서 차가 달려왔다면 여지없이 부딪쳐 벌크 차가 바라는 대로 되었을 것이다.

간발의 차이로 긴급했던 상황은 벗어났지만 마음을 놓을 수는 없었다. 어느 사이 벌크 차도 중앙선을 넘어 트럭을 추월해 내 뒤로 바싹 따라붙었기 때문이다. 급해진 나는 수시로 엉덩이를 들썩거리며 액셀러레이터를 밟아보지만 속력은 더 이상 나지 않았다.

그러고 보니 아내가 나를 죽이려고 일부러 티코를 내가 타고 다니게끔 전부터 유도한 것이라는 생각이 들었다.

원래 티코는 아내 차였다. 대학교 1학년짜리와 고등학교 2학년인 아들 녀석들이 모두 장승처럼 키가 커, 명절날 티코에 태워 아버님 산소에 다녀올 때는 차가 너무 작아 발 뻗을 데가 없다고 투정이 여간 아니었다. 그것을 빌미로 아내는 애들 생각을 해서라도 차를 사야겠다고 은근히 압박했다.

만년 대리인 내 월급으로 큰 차를 산다는 건 지나가는 소가 웃을 일이라고 하며, "당신은 돈 많이 벌면 알아서 사시구려." 하고는 다음 날 큰 차를 계약해 버렸다.

새 차가 나오던 날, 아내는 나보고 타라고 했다. 인사치레로 하는 말인 줄 알지만, 출퇴근만 하는 내가 무슨 차가 필요하냐고 당신이나 편하게 타고 다니라고 사양했다. 그때 아내는 티코는 팔아봤자 얼마 받지도 못할 테니 그냥 출퇴근 때 당신이 타고 다니는 게 어떠냐고 은근히 권했다.

아내가 새 차를 타기가 미안해 작은 차라도 내가 타고 다니기를 바라는 것 같아 더 이상 사양을 하지 못했다. 또한 티코 정도면 나도 그리 부담이 갈 것 같지가 않았다. 그런데 그것이 지금 나를 죽이기 위한 올가미였다니 재수라곤 티끌만큼도 없는 놈이란 생각이 들었다.

내가 이제껏 대리를 면하지 못한 것도 알고 보면 재수가 없기 때문이라 할 수 있다. 평범하게 대학교를 나왔고 군대도 최전방이지만 행정을 맡아 병장으로 제대하기까지 별 탈이 없었다. 그때까지만 해도 자신과 패기가 만만해 어디서나 당당했다.

그 당당함이 신발 하나로 성장한 재벌 회사에서 인정받아 무역 업무를 총괄했었다. 재수는 그것이 전부였다. 무역 업무를 총괄하며 정신없이 수출에 몰두하고 있을 즈음, 생각지도 못했던 부도로 회사가 산산조각 분해되고 말았다. 정부의 강한 입김이 작용했을 거라는 추측만 나돌았을 뿐이다.

젊은 엘리트들이 모여 무역업으로 성공한 신흥 재벌이라 소문이 난 회사에 입사해, 무역 담당 경력을 가지고 2년 남짓 나의 모든 실력을 발휘하고 있는데, 이 또한 무슨 연유인지 모든 어음이 한꺼번에 들어와 회사는 손 한 번 제대로 써보지 못하고 부도가 냈다.

그 후 여러 회사에 다녀봤지만 별 대우를 받지 못하다 지금의 회사에 정착했다. 그렇다고 대우가 좋았던 것은 아니다. 입사할 때부터 텃세가 심해 몇 년 동안은 동료들에게 따돌림을 당했다.

그래도 살아남으려고 어쩌다 윗사람과의 술자리라도 생기면 감당도 못 하는 술을 억지로 마셔가며 그들의 분위기를 맞추려고 노력도 했었다. 그러나 원체 늦게 입사한 나는 항상 진급에서 빠지는 쓴맛을 삼켜야만 했다.

몇 번이고 사표를 썼지만 결국 안주머니에 넣고 다니는 애장품이 되어 버리곤 했다. 또한 젊은 혈기는 사라지고 혹 잘못되면 처자식만 고생시킨다는 강박관념의 노예가 되고 말았다. 그런데 결과는 아내한테 버림받아 죽음의 질주를 하고 있다니 정말 재수라고는 티끌만큼도 없는 놈이다.

멀리 톨게이트가 보였다. 주위의 가로등들이 톨게이트 주변을 대낮처럼 밝게 비추고 있었다. '새말'이라는 글자가 톨게이트 지붕 위에 아물거렸다.

나는 조금도 주저하지 않고 그대로 속력을 내어 톨게이트를 통과하며 클랙슨을 세차게 눌렀다. 벌크 차에게 그대로 받혀 버릴 것만 같아서였지만, 그냥 통과함으로써 톨게이트 직원이 고속 순찰대에게 연락을 취해 나를 추적할 거라는 계산에서 클랙슨까지 세게 울려 준 것이다.

내가 막 톨게이트를 통과하자 벌크 차의 클랙슨

소리가 요란하게 울렸다. 나는 속이 후련했다. 저놈이 나를 놓쳐 분해서 울리는 소리로 들렸기 때문이었다. 이제 저놈이 따라오기 전에 고속도로를 빠져 국도로 나가 버리면 그만이었다. 곧바로 인터체인지 로터리로 향하다 순간 방향을 고속도로 쪽으로 다시 바꾸었다.

'이대로 고속도로를 빠져나가면 살기는 하겠지만 아무 증거도 없이 아내를 닦달할 수도 없다. 그렇다면 벌크 차 기사와 끝장을 보아야 한다. 내가 죽든가 아니면 저놈의 계획적인 살인 현장을 만천하에 알려야 한다. 이제 내가 저놈에게 쫓기는 게 아니라 저놈을 다시 유인해야 한다. 저놈의 의도는 나의 실수로 내가 죽기를 바라겠지만 내가 실수를 안 한다면 어느 시점에 가서는 운전 부주의 정도로 죄를 뒤집어쓰고라도 나를 죽이려고 달려들 것이다. 그렇다면 아직 시간은 남아 있는 셈이다. 그래, 기회를 잘 잡아 보자!'

한판 대결을 겨뤄보자는 오기가 생기자 한결 마음이 여유로워졌다. 내가 생각해도 지금까지 살아오면서 이렇게 대담한 각오를 한 적이 없었다.

새말 인터체인지를 지나자 도로는 더 한가로워졌다. 나의 의도대로 벌크 차는 조금도 변함없이 내 차 뒤를 바짝 따라붙었다.

나는 백미러를 보며 편도 1차선인 도로 중앙선을 넘나들며 벌크 차를 유인했다. 그럴수록 벌크 차는 답례라도 하듯 '빠아앙' 소리를 내며 라이트를 대낮처럼 밝히고 무섭게 쫓아왔다. 쫓아오는 속도로 보아 아무래도 완벽하게 죽이지 못할지도 모른다는 조바심이 났는지 곧바로 끝장을 낼 기세였다.

다시 거세게 추격을 당하자, 처음에는 오기의 힘으로 버티었지만 시간이 갈수록 사기는 사라졌고 괜한 오기를 부렸다는 후회가 앞섰다.

새말 톨게이트에서 무임 통과한 나를 잡기 위해 경찰차가 나타나기를 바라는 마음뿐이었다. 그러나 운이 없는 나에게는 희망에 불과했다. 아무리 시간이 지나도 경찰차는 나타나지 않았다.

기대가 컸던 만큼 실망도 컸다. 지금까지는 분노와 두려움, 오기까지 발동해 달리고 있었는데, 무언가 기대고 있던 버팀목이 부러지는 것처럼 온몸에 힘이 쭉 빠지고 나른해지기 시작했다. 마치 걸레 조각 흐

늘거리듯 몸과 마음이 지탱할 수 없을 정도로 흐물흐물 무너지고 있었다.

'이상하다. 내가 왜 이럴까?' 몸을 훑어봐도 이상이 없는데 아무리 애를 써도 몸을 가눌 수가 없었다. 그뿐 아니라 정신이 자꾸 혼미해지며 걷잡을 수 없이 잠이 쏟아졌다.

졸면 죽는다고 온몸을 흔들며 용을 써보았지만 마음뿐이었다. 더 이상 버틸 힘이 없어졌는지 스르르 눈꺼풀이 덮여 앞을 분간하기가 어려웠다. 지금 당장 벌크 차가 들이받으려고 무섭게 쫓아오고 있는데 이러면 안 된다고, 입술을 깨물어도 소용이 없었다.

이미 온몸은 졸음으로 마비되어 가고 있었다. 벌크 차 기사의 살인 모의 죄를 밝혀야 한다는 각오도, 나를 죽이고 보험금을 타 내려는 음모의 아내에 대한 미움도 어디론가 가버렸다.

그저 라이트 불빛 속에 지금까지 앞만 보며 달리느라고 바빴던 순간들만 필름처럼 빠르게 스쳐 가고 있었다. 어느새 날이 훤하게 밝아 둔내 톨게이트가 보였다. 나는 죽더라도 저 톨게이트까지는 가야 한다고 생각했다.

'저곳에는 사람이 있다. 그들은 현장을 목격하고 증언해 줄 것이다. 가자, 저 톨게이트까지만이라도.'

있는 힘을 다해 액셀러레이터를 밟으려 했지만 정신이 혼미해지고 발끝에 힘이 스르르 풀렸다. 그 순간 '드르륵, 드륵' 하는 소리가 들리며 차체가 심하게 흔들렸다. 드디어 벌크 차가 결심을 했다고 하는 생각에 제발 이 현장이 잘 보전되기를 빌었다.

머리가 터질 것 같은 통증이 왔다. 시원한 물이라도 한 대접 들이켰으면 하는 마음이 간절했다. 눈을 살며시 뜨고 주위를 보았다. 내가 침대 위에 누워 있었다. 아직 살아 있는 것이다.

문 앞에는 두 사람이 무언가 대화에 열중해 있었고, 침대 바로 앞에는 어깨가 떡 벌어지고 햇볕에 잘 그을린 구릿빛 얼굴의 사내가 왕방울 같은 눈을 껌벅거리며 나를 바라보고 있었다.

그가 벌크 차 기사라 믿어 의심치 않았다. 서른을 조금 넘어 보이는 젊은이였다. 젊고 잘생긴 그를 보자 질투심보다 역겨움이 치밀었다. 어떻게 저렇게 어린 사람과 …… 하는 생각 때문이다.

"이봐요, 왜 날 안 죽이고 쳐다만 보는 거요?"

내가 대뜸 적의에 찬 눈으로 젊은이를 쳐다보며 말했다.

"저보고 하시는 말씀입니까?"

젊은이가 황당한 표정을 지으며 나에게 반문했다.

"다 알고 있소. 내가 그렇게 바보인 줄 아슈?"

나는 속이 부들부들 떨렸지만 될 수 있는 한 여유 있는 표정을 지으며 말했다.

"무언가 오해를 하고 계신 것 같습니다. 이 사람은 이곳 톨게이트 직원입니다. 선생님이 혼절했을 때 이곳 숙직실로 업고 온 사람입니다."

문 앞에서 두리번거리던 한 사내가 다가와 거들었다.

"예? 그럼, 트럭 기사는 어디로 갔습니까?"

나는 따지듯이 물었다.

"트럭 기사라니요? 아! 선생님 뒤를 따라온 시멘트 벌크 차 기사 말씀하시는군요. 그 벌크 차 기사는 선생님이 너무나 위험하게 운전하기에 걱정되어 계속 따라오며 주의를 주었다더군요. 선생님은 마치 삶을 포기한 사람처럼 아슬아슬하게 운전해 한순간도 마음을 놓지 못했다고 고개를 절레절레 흔들던데요. 마침 자기도 삼척으로 시멘트 벌크를 실으러 가는 길이라 여기까지 인도할 수 있었다며 술이라도 깨면 보내드리라고 당부하고 조금 전에 떠났습니다.

웬 술을 그리 많이 드셨는지 아직도 병실 안에 술 냄새가 나는 것 같아요. 아마 벌크 차 기사가 아니었으면 선생님은 이곳까지 오지도 못하고 큰 변을 당했을 겁니다. 마침 이곳 당직 경찰이 순찰 나갔기 망정이지 그렇지 않았으면 음주 운전으로 큰 곤욕을 치를 뻔했습니다. 정말 이만하기 다행이오.”

이곳 톨게이트 책임자라도 되는지 눈짓으로 젊은 이한테 나가보라는 신호를 보내며 나에게 말했다.

'뭐라구, 나를 위해 주의를 준 거라구. 내가 술을 먹었다구……? 그건 그렇다 치더라도 틀림없이 아내가 전화하는 소리를 똑똑히 들었잖아.'

아무리 생각해도 벌크 차 기사가 터무니없는 거짓말을 한 거라고 생각했다. 어떻게 지금까지 당한 일을 보호받은 거라고 믿을 수 있단 말인가. 설령, 내가 술을 먹었다 하더라도 그의 행동은 틀림없이 나를 죽이려고 한 것이었다.

아직도 벌크 차와 벌인 상황이 앞에서 어른거리는 것 같았다. 그는 아마 나를 죽이지 못해서 들통이 날까 봐 둘러대는 말이라 생각되었다.

잠시 멍한 기분으로 허공을 보다가 천장과 맞닿은 벽에 걸린 시계를 보았다. 여덟 시를 가리키고 있었다. 순간 이곳에 더 이상 있을 수가 없다는 생각이 들었다. 여기서 강릉 출장소까지 가려면 1시간은 족히 걸릴 것이다. 부임하는 날부터 지각이라니 마음이 편치 않았다.

"저어 …… 죄송하지만, 전화 좀."

써도 좋다는 대답을 듣기도 전에 침대 머리맡에 있는 수화기를 집어 들었다.

"여보세요. 아, 김 차장, 나 박길태요."

"예, 소장님이세요."

"내가 일찍 출발하기는 했는데 중간에 가벼운 교통사고가 생겨서 1시간 정도 늦을 것 같으니 혹시 본부에서 전화 오거든 잘 부탁해요."

"그런 건 걱정 마세요. 어디 다치신 데는 없구요?"

"그 정도는 아니요."

"다행입니다. 참 조금 전에 처남 되신다는 분이 다

녀갔어요. 집에서는 벌써 출발했다는데 아직까지 도착 안 하셨냐고 대단히 걱정하던데요. 그리고 소장님이 사용하실 작은 아파트를 얻어 놓았으니 숙소는 걱정 말라고 했습니다.”

“아파트? 난 처남한테 그런 거 부탁한 적 없는데.”

“아마 사모님이 처남 되시는 분한테 전화로 부탁해 놓으신 모양입니다.”

“아내가?”

오늘 새벽녘의 두어 시간은 나의 전 생을 살아온 만큼이나 길고도 험난했지만, 순간을 느끼지 못할 정도로 빠르게 스쳐 간 기분이다. 그 순간을 느끼며 톨게이트를 빠져나왔을 때는 숨쉬기조차 미안할 정도로 고속도로가 조용하고 평화로웠다. 내가 타고 가는 티코의 소음만이 정적을 가르며 나무들이 울창한 대관령으로 접어들었다.

‘아침햇살이 나뭇가지 사이로 눈부시게 비쳤다. 아스콘으로 매끄럽게 깔린 굽잇길은 햇살이 부딪히자 깊은 잠에서 깨어나 형용할 수 없이 아름다운 음률을 울렸다.

나는 그 음률에 도취되어 귀 기울인 채 잠시 차를 멈추고 깊게 심호흡했다. 맑은 공기가 온몸으로 스며들어 전신이 고무풍선처럼 가볍게 햇살을 타고 떠오르는 것 같았다.

지금까지 혼란스러웠던 마음은 사라지고 나무숲이 아치형으로 울타리 진 굽잇길은 어머니의 품속처럼 아늑하게만 느껴졌다.

별　사

　예전에는 바닷물이 드나들고 물고기와 어패류의 보금자리였던 갯벌이 지금은 바둑판같이 정리된 논으로 시야를 가득 메웠다. 그 넓은 들판으로 온몸을 날려버릴 듯한 바람이 몰아쳐 왔다.

　만복은 점퍼 깃을 바짝 세워 귀를 가리고, 양손을 바지 주머니 깊숙이 찔러 넣고 간척지 수로를 따라 부지런히 걸었다. 넓은 간척지를 지나면서 더욱 세차게 불어 자신도 모르게 발걸음이 빨라졌지만 아직도 간척지 끝에 있는 양로원은 뾰족한 지붕만 보였다.

　보름 전 어머니를 양로원에 모셔다 놓고 그곳 생활에 잘 적응하고 있는지 궁금해 찾아가는 길이었다. 겨우 15일 지났지만 꽤 오래된 것 같았다.

　일주일 전에도 양로원을 찾아갔으나 어머니를 만

나지 못했다. 어머니의 주무시는 모습만 보고 왔기 때문에 마음이 개운치 않았기 때문이다.

그날 원장실에 들어서자 쉰 살은 됨직한 원장 겸 목사인 여자가 자리에서 일어나 반갑게 맞이했다. 어머니가 새로운 곳에 와서 잘 적응하고 계신가 궁금해 찾아왔다고 하자, 처음에는 잠도 못 주무시고 무작정 밖으로 나가려고 하더니 2, 3일 전부터 밥도 잘 드시고 이방 저방 찾아다니며 말씀도 잘하시고 그런대로 적응되는 것 같다고 자랑스럽게 말했다.

만복은 잘 계신다는 말에 안심이 되었지만 그래도 어머니 말을 들어보고 싶었다. 잠깐 뵙고 가겠다고 하자, 원장이 만류하며 잠을 못 주무셔 조금 전에 수면제 한 알을 드렸더니 그것을 드시고 막 잠이 들었으니 깨우지 않는 게 좋겠다는 것이었다.

그러면 잠자는 모습이라도 보고 가겠다고 하자 원장은 어머니가 있는 곳으로 가 방문을 살며시 열었다. 훈훈한 방 공기가 만복의 얼굴에 닿았다. 신발을 벗고 한쪽 발을 방바닥에 디뎌보니 생각보다 따스한 온기가 발바닥으로 스며들었다.

따뜻한 방에 얇은 이불을 덮고 평온하게 잠든 어

머니를 잠시 바라보고 나서야 살며시 문을 닫았다. 그러고는 이곳으로 모셔 오길 잘했다고 생각했다.

충주에 홀로 사는 어머니를 양로원에라도 모셔야 겠다고 생각한 건 지난 겨울부터였다. 찾아갈 때마다 어머니는 만복이 상상도 못 했던 엉뚱한 말과 행동을 했다.

양로원으로 모시기 얼마 전에 찾아갔을 때도, 방에 누워 있던 어머니가 방으로 들어서는 만복을 보더니 부스스 일어나 "아유 당신이 어쩐 일이유, 이제 일이 모두 끝난 거유? 참 내 정신 좀 봐." 하더니 바가지를 들고 뒤꼍으로 나가 얼음이 설겅설겅한 물 한 바가지를 떠 가지고 들어와선 "이 막걸리 한 사발 들어 봐유. 당신 오시면 주려고 벌써 담가 논 거유." 하며 사발 가득 부어 주는 것이었다.

만복은 어이가 없어 "엄니, 왜 이래유, 정말 미쳤슈. 나유. 나. 당신은 무슨 말라비틀어진 당신유, 제발 정신 좀 차려유." 하면서 어머니의 어깨를 잡고 마구 흔들어대었다.

그러자 어머니는 언제 정신이 들었는지 "놔라! 이놈아, 미치긴 누가 미쳐. 집에 왔으면 왔다고 인사나

할 것이지 왜 늙은 할멈을 죽어라 흔들어대는 겨. 그
게 자식이 하는 짓거리여. 천하에 몹쓸 놈 같으니라
고. 그래 이번엔 뭘 훔쳐 가려고 왔냐? 도둑놈아."
하면서 어머니는 악을 써대는 것이었다.

　그제야 어머니의 치매가 생각보다 심하다는 것을
알았다. 하지만 요양원 같은 데 모실 형편이 못되어
마음 앓이만 하고 있던 차에 인천에 시집가 살고 있
는 외사촌 여동생한테서 전화가 온 것이었다.

　가을에 친정에 갔다가 인사도 드릴 겸 고모한테
찾아갔다고 했다. 작년까지도 너 왔냐 하고 반겨 주
시던 고모가, 네가 누구더라 하고 알아보지도 못하고
마치 도둑이나 되는 것처럼 경계의 눈빛으로 바라보
기만 하더라고 했다. 그런 분을 혼자 집에 두었다가
는 큰일 날 것 같으니, 자기 동네에서 조금 떨어진
곳에 있는 양로원에 모셨다는 것이었다.

　그 양로원은 자기가 다니는 교회인데 무의탁 노인
만 모셔다 보호해 주는 양심적인 곳이니 조금도 부
담 가질 게 없다고 침이 마르도록 권했다. 게다가 양
로원의 여러 할머니 할아버지와 대화를 나누며 생활
하면 치매도 덜 온다며 하루라도 빨리 모시고 오라

는 것이었다. 결국 만복은 양로원에 어머니를 맡기기로 했다.

만복은 어머니를 찾아갔다가 대화도 나누지 못한 게 아쉬워 그다음 날 양로원에 전화했었다. 처음에는 낯선 할머니의 음성이 들려 충주 할머니를 찾는다고 하자 한참 만에 어머니 목소리가 들렸다.

잘 계시냐고 물었더니 잘 먹고 잘 놀고 있다고 웃음 섞인 목소리로 말했다. 그러나 목소리가 쉬고 혀가 말리는 듯 발음이 정확하지 않았다. 틀니를 빼면 그렇게 들리긴 하지만 그래도 정상적인 목소리 같지는 않았다. 다음 주에 간다고 했더니 내 걱정은 하지 말고 어멈이나 걱정하라면서 전화가 끊어졌다.

어멈이라니! 어머니가 어멈이라 부르는 만복의 처는 이미 남남이 된 사이였다. 만복은 당장 어머니가 있는 곳으로 가고 싶었지만 IMF 때 잃고 지금껏 방황하다 얼마 전에 겨우 취직한 직장에 눈치가 보여 자리를 비울 수가 없었다.

양로원 교회의 뾰족한 지붕을 바라보며 만복은 핸드폰을 꺼내 들었다. 혹시 또 어머니를 잠재우면 어떡하나 하는 염려가 되어서였다.

"우리 어머니 잘 계시지요? 지금 그곳으로 가는 길이에요."

그런데 웬일인지 원장은 말을 못 하고 머뭇거렸다.

"사실은요. 어머님이 그저께 밤에 나가셔서 아직 들어오시지 않았어요. 그러니 이곳으로 오시는 것보다는 충주로 가보세요. 혹시 충주가 집이니 집으로 가셨을지 모르니까요. 이곳은 우리가 주변 파출소와 경찰서에 신고해 놨으니 나타나시기만 하면 연락이 올 거예요."

원장은 마치 자신의 신도 다루듯, 아무 일도 아니란 듯 충주로 가보라는데 할 말을 잃었다. 그저께 나갔다니! 갑자기 불길한 예감이 스쳐 가고 가슴이 철렁 내려앉았다.

"여보세요! 지금 무슨 말을 하는 거요? 팔십이 넘은 할머니가 그것도 오밤중에 나갔다는데 어떻게 충주에 갑니까? 더군다나 이 추운 겨울에 그리고 어제도 아니고 그저께 나간 사람을 왜 이제 말하는 거요. 당신 도대체 정신 있는 사람이요. 당신한테는 한낱 노파에 불과할지 모르지만 나의 어머니란 말이요. 어머니!"

만복은 너무 어처구니없어 버럭 소리를 질렀다.

"무슨 말을 그렇게 해요? 자식이 부모 싫다고 양로원에 갔다 버릴 땐 언제고 없어졌다고 큰소리치는 것 뭐예요? 우리도 할 만큼 다 했다구요. 저녁에 목욕시켜 새 옷으로 갈아입히고 주무시라고 방에 넣어드렸는데 어느새 밖으로 나가버린 걸 우린들 어떡합니까. 그렇게 중하시면 손수 모시지 그랬어요."

"뭐라구요?"

만복은 너무 기가 막혀 말이 나오질 않았다. 마음 같아서는 원장 목소리가 들리는 핸드폰을 땅바닥에 패대기치고 싶었다. 무언가 짓누르는 듯 숨이 콱 막혔다.

이틀 전에 나갔는데 아직 아무 데서도 연락이 없다는 게 예사롭지 않았다. 만복은 양로원으로 가던 발길을 돌려 버스 종점에 있는 파출소를 향해 뛰었다.

만복은 어머니한테 치매 증상이 나타나면서 무언가에 쫓기듯 불안하기만 했다. 다른 사람 같으면 며느리 보살핌을 받으며 얼마 안 남은 삶을 편히 보내다 가련만 며느리는커녕 자식인 자신도 어머니가 끼

니를 어떻게 때우는지 모를 정도니 답답하기 이를
데 없었다.

더군다나 용돈도 제대로 주지 못하는 자신인데, 면
사무소에서는 부양할 아들이 있으므로 생활보호대상
자에서 제외하겠다는 통지서가 나와 더욱 난감하게
된 것이다.

만복은 비록 골방 한 칸이지만 어머니에게 서울
가서 같이 살자고 말했지만, 이 어미 걱정은 눈곱만
치도 하지 말고 네 걱정이나 하라고 일침을 놓았다.
그러고는 한술 더 떠 사실 너는 내 아들이 아니니 부
담 가질 필요도 없다고 황당한 말을 했다.

말인즉, 6·25전쟁 때 아들을 업고 피난을 나가 평
택 부근 바닷가에 있는 피난민 수용소에 머무르던
어느 날이었단다.

그날도 먹을 게 부족해 아낙네들 모두가 아침 일
찍 갯벌로 조개 잡으러 들어섰는데 갑자기 하늘에
인민군 비행기가 새카맣게 나타나 피난민 천막촌으
로 사정없이 총알을 퍼부었단다.

그때까지만 해도 총소리에 놀라 엉겁결에 갯벌에
엎드려 있던 어머니가 벌떡 일어나 미친 듯이 천막

속으로 뛰어갔단다. 천막 안에는 노인들과 어린아이 시체들이 피범벅이 되어 마구 흐트러져 있는데 다행히 세 살 먹은 당신 아들만 총소리에 놀라 엉엉 울며 서 있더라는 것이다.

어머니는 이것저것 가릴 것 없이 얼른 아이를 안고 밖으로 뛰어나와 비행기 소리가 멎을 때까지 들판으로 정신없이 달리다 숨이 목젖에 달라붙을 것 같아 논두렁에 엎어졌다. 그래도 아들이 다친 데는 없는가, 이곳저곳 살펴보다 얼굴을 보곤 깜짝 놀랐다. 틀림없이 아이를 안고 뛸 때만 해도 당신 새끼였는데 지금 보니 전혀 다른 아이였다는 것이다.

"그러니 지금 이후로는 이 어미 …… 아니 어미도 아니지, 하여튼 내 걱정은 머릿속에서 지워버리고 앞으로 살날이 창창한 너나 챙겨라. 알겠냐?"

만복은 이런 어머니의 말은 별 의미가 없다고 생각했다. 사실이라 해도 어머니인 것이었다. 올해 들어 부쩍 이상한 행동에 엉뚱한 헛소리를 하는 횟수가 늘고 밤이면 집을 나가 어디론가 헤매다 새벽녘이면 집으로 들어오는 일이 많으니 어머니의 말에 신빙성이 없기는 했다. 그렇지만 안 들은 것보다는 못했다.

"혹시 길 잃은 할머니 한 분 보호하고 있다는 데 없습니까?"

파출소로 들어선 만복은 누군가 거리를 방황하고 있는 어머니를 보호하고 있지 않을까 하는 기대감으로 물어보았다.

"아직 그런 연락은 들어온 게 없습니다만 혹시 양로원에서 나간 할머니 ……?"

"예. 제가 저 간척지 마을 끝에 있는 양로원에서 가출한 그 할머니 아들입니다."

만복은 반가워하며 순경 앞으로 다가섰다. 순경은 싸늘하게 만복의 아래위를 훑어보더니 갑자기 만복의 손목에 수갑을 채웠다. 만복은 갑작스러운 상황에 말을 잊고 멀거니 순경을 바라보았다.

"존속살인 및 사체 유기죄로 체포합니다. 이의가 있으면 경찰서에 가서 말해요. 우리 파출소에서는 지시에 따를 뿐입니다."

"사체 유기라니요? 그럼 우리 어머니가 죽기라도 했단 말입니까?"

만복이 턱을 들이대고 순경에게 달려들며 말했다.

"그래요. 두 시간 전 양로원에서 이 킬로 떨어진 간척지 수로 근방에서 시체로 발견되었습니다."

크게 아량이라도 베푼 듯 차갑게 한마디하더니 밖에 대기하고 있는 순찰차로 만복의 팔을 잡아 끌어당기며 타라고 했다. 엉겁결에 경찰서 유치장으로 들어온 만복은 어머니가 죽은 것만은 확실하다고 생각했다.

그런데 어떻게 죽었기에 존속살인 및 시체 유기란 말인가? 답답한 마음을 가누지 못하며 철창 밖만 멀거니 바라보고 있었다. 그때 감색 바지에 갈색 점퍼를 입고, 후리후리한 키에 가슴이 딱 벌어진 사십쯤 되어 보이는 남자가 유치장 앞에 나타나 철창문을 열라고 했다.

"이거 미안하게 되었습니다. 제가 다른 사건 때문에 자리를 잠깐 비운 사이 파출소 김 순경이 오버한 것 같습니다. 잠깐 경찰서로 모셔 오라고 한 걸 가지고 …… 이번 할머니 사건 담당 정 형삽니다. 일단 사무실로 가시지요."

자신을 정 형사라고 소개한 사람은 만복에게 눈을

떼지 않고 거동을 살피며 사무실 책상 앞으로 안내하더니 의자에 앉으라고 했다.

"우선 사체가 본인의 어머니인가를 확인시켜 드려야 하겠지만 물어볼 게 조금 있어서 본서로 오시게 한 겁니다. 할머니는 양로원에서 이 킬로 떨어진 수로 부근 작은 밭에서 왼팔을 접어 이마에 대고 한 팔은 아래로 내린 채 엎드려 있었습니다. 의사가 사인을 체온 저하 심정지로 판정했습니다. 특이한 점이 있다면 손톱 사이에 흙이 잔뜩 끼어 있고 맨발이라는 점입니다. 요새 세상이 하도 이상하다 보니 별 해괴한 사건이 자주 일어납니다. 그래서 우리도 다각적으로 생각하지 않을 수가 없지요. 이번 양로원 할머니 사건만 보아도 단순사 같지는 않아요. 그렇다고 꼭 단정하는 것은 아니지만 양로원과 할머니 가족들과 결탁해 살해한 후 현장에 갖다 버리지 않았나 하는 심증이 있다는 것만 우선 말씀드립니다. 에……그럼, 시신 안치소로 가서 본인의 가족인가를 확인하시고 더 이야기를 나눕시다."

정 형사는 사람의 죽음을 잃어버린 소지품이나 확인하러 가자는 것처럼 대수롭지 않게 말하며 자리에

서 일어났다. 어머니의 시신은 경찰서에서 얼마 떨어지지 않은 병원 영안실에 안치되어 있었다.

어머니는 한때 신이 들려 용한 보살로 마을 사람들의 신앙처럼 받아들여졌었다. 처음에는 마을 주민 몇몇 사람만 아이들이 아프거나, 하는 일이 풀리지 않으면 어머니를 찾아와 점을 보거나 푸닥거리하는 정도였다.

그런데 유명해진 건 미친 이장 며느리를 고쳐 주고부터였다. 이장 집 며느리가 몇 년 전부터 정신병자가 되어 틈만 있으면 밖으로 뛰쳐나가 맨발로 거리를 헤매며 히히거리고, 아무 집에나 들어가 먹을 것이 있으면 마구 먹어 치워 이장 집에서는 며느리를 아예 광에 가둬 놓고 지냈다.

독실한 교회 신자인 이장인지라 푸닥거리를 반대했지만 언제까지 며느리를 광에 가둬 놓고 살 거냐고, 낫든 안 낫든 최선을 다해야 할 것 아니냐는 주위의 따가운 눈총에 할 수 없이 어머니에게 굿을 의뢰한 것이었다.

어머니는 이장 집 안방에 시루떡을 차려놓고 그

앞에 며느리를 결박하여 앉혀 놓았다. 그리고 어머니가 모시는 금학산 산신님께 두 손을 모아 주문을 외우다가 느닷없이 요란스럽게 북과 징을 쳐대며 무슨 말인가 알아들을 수 없는 말로 악을 쓰기도 하고, 때로는 미리 준비해 놓은 대추나무 가지로 며느리를 마구 때리기도 하고, 그러다가 자신이 미친 것처럼 무엇을 잘못했는지 방바닥에 엎드려 마구 울부짖으며 빌기도 하다가 벌떡 일어나 천군만마를 부리듯 호령하기도 했다.

그도 모자라는지 가끔은 어린아이 달래듯 부드럽게 말하며 상대방 말을 이끌어내려는 듯하기도 했다. 그 과정에 신의 계시가 섞여 나온다는 것이었다. 그러기에 구경꾼들은 숨을 죽여 가며 어머니가 무슨 말을 토해내는지 귀를 기울이고 있었다.

어머니는 신의 계시에 따라 지껄이기 때문에 두세 시간을 떠들어대고도 의식이 끝난 뒤에는 한마디도 기억해 내지 못했다. 결국 주위 사람들의 기억을 한데 모아 처방을 내리는 것이었다.

구경꾼들은 한결같이 마룻바닥 앞에서 세 번째 나무와 며느리 방에 있는 실패를 가져오라는 말이 섞

여 있다고들 했다. 어머니는 실패와 마룻바닥 세 번
째 나뭇조각을 가져오게 하고, 마당 가운데 짚불을
피워 그것을 태운 재를 대문 밖으로 가져가 들판에
뿌리며 편안한 세상으로 가라는 주문을 외우고 의식
을 끝냈다.

다음 날 아침, 신기하게도 이장네 며느리가 아무
일이 없었던 것처럼 새벽에 일어나더니 아침을 지어
야 한다며 부엌으로 들어가더라는 것이었다. 알고 보
니 그 태워버린 나뭇조각이 몇 년 전 이장 아들이 윗
마을 친구 모친상을 당해 상여꾼으로 갔다가 칠성판
한쪽을 가져와 깨진 마루를 때우고 남은 쪼가리로
실패를 만들었다는 것이었다.

병원 영안실은 서늘한 냉기가 돌아 더욱 몸을 움
츠리게 했다. 만복은 자신의 발소리가 귀에 거슬릴
정도로 크다고 느꼈을 뿐, 어머니의 죽음이 실감 나
지 않았다.

정 형사가 관리인에게 눈짓하자 관리인이 냉장실
문을 열고 시신이 누워있는 침대를 잡아당겼다. 침대
에는 하얀 시트커버로 덮인 시신이 반듯하게 누워있

었다. 혹시나 하는 기대를 했지만 하얀 시트커버가 들처지며 드러난 얼굴은 어머니가 틀림없었다.

그러나 그 모습은 가끔 입으로 푸우 소리를 내며 잠들었을 때의 평온한 모습 그대로였다. 영안실이 아니고 그냥 집에서 보았더라면 아직 자고 있다고 생각할 게 틀림없으리라.

"엄니……"

만복은 평상시 목소리로 어머니를 불러보며 두 손으로 시신의 얼굴을 감쌌다. 따스하고 말랑한 촉감을 기대했지만 뻣뻣하고 싸늘한 기운만 감돌았다. 틀림없이 어머니였다. 하지만 울음은 터져 나오지 않았다.

오히려 '그렇게 매일 밭고랑이나 매고, 밤이면 아무 데나 헤매고 돌아다니다 힘겹게 집에 들어오는 것보다는 차라리 편안한 세상으로 가는 게 나요' 하는 말을 하고 싶을 뿐이었다.

결국 형사 말대로 만복은 어머니를 죽이고 사체를 유기한 것이나 다름없다고 생각했다. 어머니 죽음 앞에 차라리 잘 되었다는 자식이 어디 있겠는가. 만복은 만감이 교차하는 동안 그렇게 어머니 얼굴을 바라보았다. 형사는 갑자기 눈초리가 매섭게 변해 만복의 등을 툭 쳤다.

"어머니를 확인하셨으니 우선 경찰서로 갑시다. 인적 사항과 어머니를 양로원으로 모시게 된 과정 그리고 어머니의 죽음에 대한 의문점 등을 진술해야 합니다."

형사의 극히 사무적인 말투에 만복은 은근히 속이 뒤틀렸지만, 어머니를 죽인 죄인이 무슨 말을 하겠는가. 울컥 치미는 서러움을 삼키며 형사 뒤를 따라나섰다.

"자, 사실 있는 대로만 진술하면 됩니다."

정 형사가 책상 앞에 마주 앉자마자 재촉했다.

"외사촌 여동생의 권고로 15일 전에 양로원에 모셔다 놓고 지난주에 한 번 찾아갔습니다. 그런데 원장이 수면제 한 알을 드시고 막 잠들었다고 해서 그냥 돌아갔습니다. 그리곤 다음날 전화했지요. 원장이 받을 줄 알았는데 어떤 할머니의 목소리였어요. 얼마 전에 들어온 충주 할머니를 바꿔 달라고 했더니 한참 만에 어머니가 받았어요. 그런데 목소리가 술 취한 것처럼 혀 굳은 소리로 발음이 정확하지 않았어요. 나는 직감적으로 수면제를 먹여서 그런 것 아닌가, 수면제를 많이 먹으면 치매가 더 빨리 올 텐데 하는 걱정을 했어요. 그래서 토요일인 오늘 직장에서 조금 일찍 나와 양로원으로 가던 중 원장에게 전화했고, 어머니가 가출한 것을 알았습니다. 원장 말대로 치매 증세 때문에 밖으로 뛰쳐나가 밤새도록 밤길을 헤매다 수면제에 취해 졸음을 이기지 못하고 맨땅에 누워 자다가 추위를 이기지 못해서 돌아가신 것 같습니다. 그리고 손톱에 흙이 잔뜩 끼어 있는 것은 어머니는 무의식적으로 밭을 보고 밭을 맨 게 아닌가 생각되는군요. 어머니는 늘 그러셨어요. 밭은 정직하기 때문에 잘 가꾸는 만큼 잘 된다고 틈만 있으면 밭을 매고 가꾸었거든요."

만복이 그저 듣고 생각난 대로 말하고 결론을 내리자 아무 소리 없이 컴퓨터 자판만 두드리던 형사가 "잠깐만요." 했다. 그리고는 수면제 때문에 죽었을 수도 있다고 생각하냐고 물었다.

만복은 다는 아니더라도 수면제가 어느 정도 역할은 했으리라 생각된다고 했다. 그러자 형사는 그 부분을 확실하게 말하라는 것이었다. 형사의 말은 수면

160

제가 사인의 원인이 된다면 부검해야 하는데, 부검해도 좋으냐고 만복을 바라보았다.

만복은 돌아가신 분 몸에 칼을 대어 두 번 죽게 할 수는 없다고 형사님 재량으로 수면제란 말은 없던 일로 해달라고 간청했다. 형사도 만복의 말을 이해한 듯 머리를 끄덕거리며 컴퓨터에 입력한 진술서 한 장을 복사기에서 뽑아 만복에게 내밀었다. 진술서에는 수면제란 글자는 없고 치매로 인해 밤에 나가 정신없이 돌아다니다 동사한 것으로 되어 있었다.

"이의가 없으면 지장을 찍으시오. 인주는 앞에 있습니다."

"이제 됐습니까?"

만복은 지장 찍은 서류를 형사에게 건네주며 말했다. 서류는 다 되었지만 조금 더 기다리라고 했다. 서류를 검사한테 올려 결재가 나야 시신을 인도하게 되어 있으니 일단 대기실에 들어가 기다리라고 했다.

만복은 정신 나간 사람처럼 멍하니 형사를 바라보다 대기실 소파로 나와 앉았다. 어쩌면 꿈꾸는 건 아닌지 손가락으로 얼굴을 당겨보고 허벅지도 꼬집어보았지만 꿈은 아니었다. 토요일 오후라 그런지 사람

도 별로 없는 대기실에서 그럭저럭 두 시간을 기다
린 끝에 정 형사가 왔다.

"안됐습니다. 오늘 시신을 인도해 드리려고 최대
한 노력했는데 검사님이 사인이 뚜렷하지 않으니 부
검하라는 지시가 떨어졌습니다. 오늘은 집에 가셨다
가 월요일 아침 여섯 시까지 영안실로 오십시오."

형사는 형식적으로 말할 뿐 무표정하게 돌아서려
했다.

"이보시오. 아니, 부검할까 봐 수면제란 말도 지우
지 않았소."

만복이 버럭 소리치며 형사를 바라보았다.

"검사의 지시니 우리도 어쩔 수가 없습니다."

형사는 더 이상 구차하게 말할 게 없다는 듯 사무
실로 들어가 버렸다. 만복은 그 자리에 털썩 주저앉
아 엄니를 외치며 속이 터져라 울고 싶었다.

"못난 놈, 계집 하나 다루지 못하고 ……"

아직도 어머니가 옆에서 나무라는 소리가 들리는
듯했다. 어머니가 텃밭에 엎드려 콩대를 뽑다가 힘에
겨워 털썩 주저앉아 길게 한숨을 쉬며 토해 낸 말이

었다.

"모든 것이 다 콩대 같은 것이여. 아무리 싱싱허고 잘났어도 때가 되면 이렇게 말라비틀어지는 걸 몰라. 지년이 잘났으면 얼메나 잘났다고 서방을 버려. 참 지독한 년여."

어머니는 잠시 상념에 잠겼다가 몸 사례를 쳤다. 만복이 이혼하기 전 추석날 저녁이었다. 어머니 앞에서 만복은 아내를 불러 용서를 빌었다.

"여보, 내가 어머니 앞에서 맹세하리다. 앞으로는 어떤 일이 있어도 당신에게 손을 대지 않을 것이며 당신이 하자는 대로 할 테니 이혼하자는 말은 하지 맙시다. 내가 이렇게 빌겠소."

만복은 두 손을 번쩍 들어 싹싹 빌었다. 어머니는 아들의 못난 모습에 울화가 치밀어 잠시 얼굴이 일그러졌지만 그래도 자식이 불쌍해서인지 한마디 거들었다.

"어멈아, 맘에 안 들고 화나는 일이 있더라도 네가 참고 이해하려무나. 너도 알겠지만 내가 평생을 혼자 살다시피 했다. 하지만 혼자 사는 것보다는 밉더라도 누군가 옆에 있는 게 훨씬 위로가 될 것 같더라."

"그런 말씀하지 마세요. 그것은 어디까지나 어머니 삶이지 저의 삶은 아니잖아요. 왜 제가 어머니의 삶을 살아야 해요. 저는 싫어요. 혼자 살아도 제가 사는 거니까 어머니는 걱정 마세요. 저는 이미 결정했어요. 무슨 말을 해도 소용없어요. 당장 이혼해 주세요."

아내는 모질게도 저 할 말만 해대곤 휙 돌아앉았다. 어머니는 아직도 그때 생각을 하는지 "그려, 세상은 참 좋은 세상여. 실컷 살다가도 내 싫으면 도장 찍고 등 돌리면 남이니, 법이 무른 것인지 사람이 물러진 것인지 말세는 말세여. 한탄하며 이마에 흐른 땀을 팔 등으로 훔쳤다.

그뿐 아니라 지지난 가을에도 만복이 과일 봉지를 마루 위에 놓으며 "엄니, 저 왔슈. 그동안 별일 없었슈" 하고 마루에 걸터앉았다.

"나야 별일 없다만 니가 별일 있는 것 같구나. 어찌 사람이 피죽 한 그릇 못 먹은 사람처럼 맥사리가 없냐?"

어머니가 만복의 거동을 살피며 되물었다.

"맥 있게 생겼슈, 그놈의 아엠에푼가 하는 것이 일

자리를 없애버려 돈을 벌 수가 없으니 맥이 없지유. 뭐 돈 될 것 없이유? 남들은 땅뙈기라도 팔아 장사라도 하는데 도대체 엄니는 그 흔한 땅뙈기 하나 없이 뭐하면서 살았시유. 하기야 말하는 내가 멍청하지."

만복은 하던 말을 멈추고 한숨을 내쉬며 마루에 벌렁 드러누웠다. 어머니는 과일 봉지 속에 주먹만 한 사과와 배를 꺼내 들며 "돈도 없다면서 이런 건 뭐 하러 사 왔냐? 이제 다 늙은 어미 생각할 필요 없다. 어멈이 가버렸으니 …… 너 살 궁리나 해. 이제 새 기집두 하나 얻어야지. 이렇게 흐저분하게 돈을 쓰고 다녀서야 쓰것냐."

어머니는 만복을 나무라더니 방으로 들어가 헌 옷가지와 모자를 들고 나왔다.

"야, 이 옷이나 입어라."

"이 옷은 왜요?"

"돈이 읎다며, 돈이 읎으면 돈이 되는 일을 해야지."

"돈 되는 게 뭔데요?"

만복이 돈이 된다는 말에 벌떡 일어나며 물었다.

"뭐긴 뭐여, 은행 터는 일이지."

"은행을 털어유?"

"아뭇 소리 말고 이 옷이나 입고 나처럼 얼굴을 수건으로 가리고 모자도 푹 눌러써, 그리고 광에 가서 단단한 작대기 하나 들고 따라와."

어머니는 어느새 벽에 걸린 수건으로 얼굴을 가리고 텃밭 아래로 내려가고 있었다.

만복도 못 이기는 척 헌옷으로 갈아입고 수건으로 눈만 빼꼼히 남긴 채 복면을 하고 챙이 낡은 밀짚모자를 푹 눌러썼다. 그러고는 뜨락에서 쓰다 버린 흙 묻은 헌 장갑까지 주워 끼고 작대기도 하나 챙겨 들고 어머니 뒤를 따라나섰다.

은행 터는 일이 그리 쉬운 것은 아니었다. 나무가 너무 커서 올라가기도 힘들지만 자칫 잘못해 은행이 살갗에 닿으면 지독한 인분 냄새가 났다. 냄새는 그래도 참을 만하지만 피부가 예민한 사람은 금방 옻이 올라 전신으로 퍼지기 때문에 더 조심해야 했다.

나뭇가지마다 축 처지도록 은행이 많이 열려 있었지만, 그 은행이 금덩어리가 아닌 이상 돈이 얼마나 되겠는가. 어머니 뜻은 무슨 일이든 열심히 해야 돈이 된다는 것을 깨우쳐 주려는 의도겠지만 만복은

166

은행나무 아래 주저앉아 애꿎게 담배만 피워댔다.

　국립과학수사연구원 부검실 마당에는 불에 타거나 충돌해서 형태를 알아볼 수 없이 일그러진 자동차들이 여러 대 진열되어 있었다. 그 앞으로 구급차와 영구차들이 열대도 넘게 몰려들었다. 모두 시신을 싣고 와 부검하기 위해 대기 중이었다.

　여덟 시가 조금 넘자 보호자들과 운전기사들이 갑자기 현관 입구로 몰려들어 웅성거렸다. 무슨 일인가 살펴봤더니 부검 차례표를 현관문에 붙여 놓아 모두 자기 순서를 확인하려는 것이었다.

　만복도 어머니 이름을 찾아보니 열세 번째에 있었다. 맨 마지막이라 오래 기다릴 것 같아 추위를 피해 대기실로 들어갔다. 모두 침통한 표정으로 초조하게 순서를 기다리는 모습에 가슴이 답답해 다시 밖으로 나왔다. 차가운 바람에 옷깃을 여미었지만 그런대로 참을 만해서 담배를 피워 물고 서성였다.

　"십삼 번 보호자 들어오시오."

　현관문 앞에 달린 스피커에서 작은 소리가 들렸다. 그때 영안실에서부터 같이 수행한 젊은 형사가 부검실 문 앞에서 손짓했다.

문을 열고 들어서자 후끈한 열기 속에 비릿하면서도 역겨운 냄새가 속을 울컥 치밀게 했다. 눈앞에 펼쳐진 현장을 보고서야 이것이 피비린내구나 하는 걸 느낄 수 있었다.

너무나 살벌한 상황에 가슴이 마구 요동치고 숨쉴 적마다 금방 토할 것 같은 역겨운 냄새가 스며들었다. 부검은 한곳에서만 하는 게 아니라 여러 칸에서 동시에 진행되고 있었다. 부검의는 시신들을 병원에서 쓰는 수술용 침대 위에 올려놓고 아무 표정도 없이 시신 곳곳에 칼질하고 있었다.

잠시 후 어머니 시신이 실오라기 하나 걸치지 않은 알몸으로 침대 위에 올려졌다. 만복은 숨을 멈추고 어머니를 바라보았다. 어머니는 조금도 부끄러워하지 않고 아무 말도 하지 않았다. 몇 년 전 치질 수술을 하자고 했을 때, 다 늙은이가 무슨 좋은 꼴을 보려고 엉덩이를 돌려대고 칼질하게 하느냐고 극구 반대했던 어머니가 지금은 아무렇지도 않게 자신을 드러내놓고 있는 모습에 가슴이 에이는 서러움이 밀려왔다.

168

"체중 삼십 팔, 상반신 육십오, 하반신 칠십이"

한 사람이 줄자를 들이대고 숫자를 부르자 앞에서 지휘하고 있는 사람이 열심히 기재를 했다.

칼로 어머니 배를 갈랐다. 그러고는 가슴에 쇠톱을 들이대고 톱질했다. 서걱서걱하는 소리에 전율이 흐르고 소름이 돋았다.

가슴이 갈라지고 배가 갈라지고 벌겋게 피가 흐르자, 한 사람이 수도 호스를 들어 물을 뿌려 흐르는 피를 씻어냈다. 금방 벌건 핏물이 수로를 타고 흘렀다. 어느새 심장을 떼어내어 저울에 올렸다.

"심장 팔백육십이 그램."

간장도 도려내 저울에 올렸다.

"간장 사백이십사 그램."

각 부위를 잘라내어 저울 위에 올려놓고 숫자를 부르면 테이블 앞에 있는 사람이 기록했다. 형용할 수 없는 감정으로 터질 것 같은 오열과 역겨워 치밀어 오르는 구토를 참으며 만복은 중얼거렸다.

"참, 엄니는 호기심도 많수. 내장을 모두 도려내도 말 한마디 없이 무얼 그리 바라봐유. 그려유. 엄니는 항상 호기심이 많아 그 숱한 잡귀들까지 불러들였으니까유. 기왕 떠나가시는 길 후회 없이 모든 것 다 보고 가유."

만복은 정신없이 중얼거리다 치밀어 오르는 오열을 더 이상 참지 못해 밖으로 뛰쳐나왔다. 그렇게 부검만은 피하고 싶었는데 마치 푸줏간 사람들처럼 아무렇지 않게 부위별로 잘라내기도 하고 다시 갖다 붙이고. 비록 시신들이지만 그래도 사람인데 하는 생각에 그들이 원망스러웠지만, 그것 역시 그들의 일이라 생각하니 원망만 할 수도 없었다.

엄니, 이제 이곳은 엄니가 있을 곳이 아녀유. 가유. 엄니가 늘 말하던 금학산으로. 그리고 그곳에 가거든 아무 걱정 말고 마음껏 돌아다녀유.

언제나 한적하고 조용한 집이지만 오늘따라 적막감이 더하는 집 앞에서 화장한 어머니 유골함을 품에 앉고 서서 중얼거리던 만복은, 어머니가 모시던 금학산 산신이 있는 뒷산으로 발걸음을 옮겼다.

돌밭을 가꾸어 푸성귀가 풍성하게 자라던 밭을 지날 때는 어머니가 아직도 어딘가에 엎드려 밭을 매고 있는 것 같아 차마 발걸음이 떨어지지 않으려 했다.

지금은 사람들이 별로 다니지 않아 억새로 가득한 산길을 헤집고 올라 소나무가 우거진 산 중턱에 이르렀다. 땀과 눈물로 범벅이 된 얼굴을 소매로 훔치곤 유골함을 조심스럽게 편편한 바닥에 내려놓고 정성스럽게 두 번 절하고 울먹이며 산신님께 고했다.

　"이 여, 산신님이시오, 이제 우리 엄니도 산신님께 가시오니 부디 잘 거둬 주시유. 그리고 우리 엄니도 영험한 산신이 되시도록 잘 인도해 주시유."

　제를 지낸 후 곱게 가루가 된 유골을 한 줌 한 줌 손에 들고 소나무 숲속 곳곳에 뿌리면서 만복은 소리치고 있었다.

　"이 여, 우리 엄니도 산신 되었다. 이 여, 우리 엄니도 산신 되었다."

　만복의 절규는 적막한 산중에 메아리로 변해 그칠 줄 모르고 울려 퍼졌다.

택 시

어둠 속의 침묵에 반항이라도 하듯, 즐비하게 늘어선 가로등의 희미한 불빛이 어눌하게 흘러내린다. 그 사이로 어디선가 나타났다가 총총 사라지는 사람들을 주시하며 달린 지 한 시간이 다 되었지만 아직 택시를 멈추지 못했다.

밤 열한 시가 넘은 시내 도로는 개나리와 무궁화 꽃으로 즐비하게 늘어서 있다. 요즘 들어 더욱 많아져 내가 끼어들 자리조차 없다.

설령 자리가 있더라도 저렇게 지붕 위에 노랗게 파랗게 빈차 표시등을 켠 채, 도로를 가득 메운 택시들 사이에 끼어본들 언제 손님을 태울지 기약도 없다.

시내 거리를 벗어나 금호동 고개를 오르고 있었다.

꼭 이 고개를 오고 싶어서가 아니라 그냥 빈 택시들을 피해 오다 보니 이곳을 지나는 것뿐이다. 옛날에는 가팔랐던 고개가 지금은 별로 힘들지 않게 넘었다.

아직도 공사 중이라 정리되지 않은 금호동 교차로를 지나 행당동으로 접어드는데 멀리 중년은 넘은 듯한 남자가 손을 드는 모습에 정신이 번쩍 들었다. 그 순간 액셀러레이터에 힘이 가해지며 빠르게 질주했다. 조금이라도 머뭇거리다간 다른 차에 빼앗기고 만다.

요즘은 버스, 지하철을 새벽 한 시까지 운행하고, 대리운전까지 난립한 데다 불황까지 겹쳐 손님을 보면 동물의 세계처럼 빠른 놈이 먹이를 채어가듯 빈 택시들이 달려들기 때문이다.

택시 뒷문이 열리고 손님이 탔다. 열대야의 폭염이 아스팔트에 묻혀있다가 택시 안으로 밀물 들어차듯이 들어와 에어컨 바람을 밀어내고 후끈한 열기가 코끝으로 스며들었다.

"어서 오세요. 날이 매우 덥지요?"

오랜만에 태운 손님이라 반갑기도 하지만 지금까

지 무료했던 시간을 지우려고 인사치례했다.

"앗다, 이놈의 날씨 언제까지 더울끼고. 숨이 팍팍 막히는 구만."

금방 앞에 있는 횟집에서 나왔는지 비릿한 생선 냄새와 술 냄새가 어우러져 비위가 상했지만 크게 숨을 내쉬었을 뿐이다. 냄새의 정도로 보아 이 사람은 꽤 나이가 들었을 것이라는 감이 왔다.

젊은 사람은 그래도 술 향기가 나는데, 나이 먹은 사람일수록 역한 냄새가 난다는 것은 택시 영업을 하면서 느낀 경험이다.

"그래요. 십 년만의 더위라니 그러려니 해야지요. 그런데 어디로 모셔드릴까요?"

"아, 농형동까지 갑시다."

벌써 취기가 발동했는지 발음이 정확지가 않다.

"논현동 말씀이지요?"

"한번 말했으면 그만이지 와 자꾸만 말시키노. 내가 술 취한 줄 아나. 아직 멀었다. 내가 이래 봬도 귀신 잡는 해병 이백이기다. 알았나? 까불고 있어."

"아, 그러십니까!"

취객의 비위를 건드리지 않기 위해 건성 대꾸했지

만, 속에서는 밸이 금방이라도 뻗칠 것처럼 울렁거렸다.

벌써 반년이 다 되도록 마누라 하고 말 한마디 않고 서로 소 닭 보듯 지내왔다. 자꾸만 어려워져 가는 경기에 짜증 내는 손님만 늘어나고 벌이도 신통치 않고 힘만 들어 일이 끝나면 술 한 잔씩 한 게 화근이었다.

마누라는 허구한 날 술만 처먹고, 잔소리하고, 주먹질만 하는 무식한 인간하고는 더 이상 못 살겠다며 이혼 서류에 도장을 찍으라고 어제도 서류를 내밀었다.

더러워서 더 이상 못 참겠다고 홧김에 마신 술이 머리통을 망치로 마구 때리는 것 같은 고통을 참고 일을 나왔는데 손님마저 없어 몇 명 태우지도 못하고 지금껏 헤매다 모처럼 태운 손님인데 심상치 않았다.

"이봐, 기사 양반 돈벌이 잘되슈?"

행당동 고갯길을 내려가는데 친근한 척 조금 전보다 더 역겨운 냄새를 내뿜어대며 말을 걸었다. 그렇지 않아도 어제 먹은 술이 덜 가라앉아 속이 불편한

데 뒷좌석에 앉아 숨 쉴 적마다 앞으로 뿜어대는 냄새에 질식할 것만 같았다.

"잘될 리가 있겠어요! 모두 다 힘들다고 하는데."

"그렇지. 그렇다니까. 이 썩어 죽을 놈들. 모두 한 소쿠리에 담아 한강물에 다 처넣어야 해. 내가 이래 봬도 해병대에서 수많은 부하를 통솔한 사람이야 알겠어? 그런데 이놈들이 나를 무시한단 말야. 이 개새끼들이."

그는 무슨 울분이라도 토하듯 소리를 지르더니 앞 좌석 머리 받침대를 주먹으로 마구 쳐댔다.

"사장님, 진정하시지요. 그러다 손 다치겠습니다."

너무 흥분해 목소리가 커지고 행동이 거칠어, 자칫 운전하는 데 방해가 될까 봐 불안해 한 마디 했다.

"사장! 사장은 무슨 얼어 죽을 사장이야! 나는 개 털이야! 이 해병대 이백이 말야. 그런데 이까짓 손이 대수야. 야아, 주먹이 운다. 울어."

그는 또다시 앞 의자를 마구 주먹으로 두드린다. 생각 같아서는 당장 '야, 인마! 주접떨지 말고 조용히 해!' 하고 싶었지만 그래도 손님이기에 울컥 치미는 성질을 참으며 핸들을 꼭 움켜잡았다.

그때도 이렇게 참았으면 됐을 걸, 하는 후회가 새삼스럽게 들었다. 택시회사에 취업한 지 얼마 안 된 어느 날부터, 마누라가 밤늦게 들어오는 일이 잦아지기 시작했다. 나는 요새는 왜 그리 자주 늦게 들어오냐고 별스럽지 않게 물었는데, 대뜸 하는 말이 "나는 좀 늦게 들어오면 안 돼요!" 하며 성질을 부리는 것이었다.

"뭐야!"

나는 이것저것 생각할 겨를도 없이 마누라 얼굴을 사정없이 갈겨댔다. 언제부터인가 택시 운전하는 나를 업신여기듯 무시하려는 태도에 그간 쌓인 좋지 않았던 감정이 폭발해 버린 것이다. 늦게 들어온 게 당연한 듯 당당하게 성질까지 부리니 이성을 잃었다.

순식간 일어난 일이었지만 그 순간만큼은 오장육부를 다 꺼내 깨끗한 물에 훌훌 씻어버린 것처럼 시원했다. 그런데 마누라가 가져온 이혼 서류에는 고막이 터지고 코뼈가 부러지고 눈 부위가 찢어지고 부어올라 4주간 치료해야 한다는 진단서가 첨부되어 있었다.

"기사 양반!"

성수대교를 넘어가는데 이백이가 조금은 성깔이
잦아든 목소리로 나를 불렀다.

"왜 그러십니까?"

대답을 안 하면 또 무슨 트집을 잡아 큰소리칠 것
같아 퉁명스럽게 물었다.

"기사 양반도 술 좋아하죠?"

조금은 동의를 구하듯 물었다.

"술, 좋지요. 저도 술 좋아해서 이 모양 이 꼴인걸
요!"

"그럼 브라보도 해요?"

"브라보요?"

"그럼요. 친구끼리 만나면 기분 좋을 때 술잔을 부
딪치며 브라보도 하지요. 그것이 뭐 잘못되기라도 했
습니까?"

갑자기 부드럽게 나오는 저의가 의문스러워 따지
듯 물었다.

"아냐, 그게 아니고. 요새는 브라보하는 게 아니라
는 거지."

"그럼 어떡해요?"

"기사 양반, 회사 사장이 맘에 들어?"

"어느 직장 치고 자기 회사 사장 맘에 드는 사람이 몇 명이나 되겠습니까. 모두가 노동 착취나 하려고 별별 방법 다 쓰는 판국에."

나는 시치미를 뚝 떼고 맞장구를 쳤다.

"그래. 맞아 모두 시발놈 개새끼들이야. 제깟 놈들만 배부르면 다야. 내가 이래 봬도 귀신 잡는 해병 이백이인데 말이야. 까불고 있어."

그는 다시 한번 자신의 존재를 인식시키듯 큰소리를 치더니 금방 정색하며 무슨 비밀 이야기라도 하려는 듯 허리를 구부려 내 뒤로 얼굴을 내밀고 보다 작은 소리로 말했다.

"그래서 말인데, 직장인들이 사장이 맘에 안 든다고 사장을 대놓고 욕할 수는 없잖아. 그러니까 술좌석에서 박 사장이면 박 시 개, 김 사장이면 김 시 개 하고 술잔을 마주치는 거야. 잘하면 누가 그러겠어! 안 그래, 기사 양반?"

"박시개가 뭔데요?"

"앗다, 기사 양반 아직 깜깜이구만. 박, 박사장. 시, 시발놈. 개, 개새끼. 이것을 세 글자로 줄인 말이지."

이백이는 아직 내가 모르고 있다는 말에 흥을 돋우며 주절거렸다. 박시개인지 김시개인지 내가 알 바 아니라 핸들만 잡고 있는데 그는 어느새 목청을 높여 경제가 어떻고, 여당, 야당이 어떻고, 좌익이니, 우익이니, 수도권 이전이 어떻고, 하여튼 요즘 정치 돌아가는 꼬락서니가 형편없다고 정신없이 떠벌리더니 논현동에 들어섰을 땐 세상모르게 잠이 들어 코까지 골아대고 있었다.

삼십여 년을 살아온 지금 이혼이라는 문턱에 서자 나 자신도 주체할 수 없는 혼란에 빠지고 말았다. 이제 당신에게 일말의 미련도 없으니 제발 도장만 찍어달라고 몇 달째 침묵으로 일관하는 마누라에게 더는 버틸 힘도 용기도 나지 않았다.

그렇다고 내일모레면 육십이 되는데 도장을 찍어주자니 앞으로 나는 어떻게 사는가 하는 두려움이 밀려왔다. 그리고 친척들과 친구들 또한 주변 사람들의 시선은 어떻게 버텨내야 할지 생각하면 생각할수록 난감하기 짝이 없었다. 그렇다고 마누라가 엄포로 끝낼 여자는 아니니 도장을 찍어야만 할 것 같았다.

결국 아무런 결정도 짓지 못하고 아직 택시 핸들

을 잡고 있지만 이것마저도 마누라만큼이나 다루기 힘든 일이다. 그냥 손님만 실어 나르는 게 아니라 그들의 목적지까지 원하는 속도로 선호하는 길로 비위를 맞춰줘야 한다.

다 그런 것은 아니지만 만에 하나 손님의 요구에 거슬리면 욕하고 삿대질을 하는 것은 예사고 차들이 질주하는 대로 한복판에서 무작정 내리는 취객도 심심치 않다.

처음에는 깜짝 놀라 가슴 쓸어내리기를 여러 번, 때로는 수없이 치미는 모멸감과 적개심이 앞서 멱살을 잡기도 했지만, 이제는 그런 것이 일과가 되어버렸다.

"손님, 논현동 다 왔는데, 논현동 어디쯤입니까?"

조심스럽게 물었지만, 아무 반응이 없었다. 이거 아무래도 밤늦게 제대로 걸렸다는 예감이 스쳤다. 역시 뒤돌아보니 손님은 미동도 하지 않고 깊은 잠에 취해 있었다. 하는 수 없이 왼손으로 핸들을 잡고 오른손으로 뒤를 더듬어 손님의 다리를 찾아 툭툭 치며 소리쳤다.

"사장님, 정신 차리세요. 여기가 논현동인데 어느

쪽으로 가요?"

그나마 남자 손님인 게 다행이다. 만약 여자 손님이라면 다리를 친 게 아니라 허벅지를 만졌다고 삿대질을 해가며 성추행당했다고 큰소리치기 십상이고, 파출소까지 가서 시시비비를 가려야 할 때도 있다.

"와이리 시끄럽노. 직진해라. 직진."

손님은 잠이 깼는지 혹은 잠결인지 모르지만 손짓까지 해가며 직진이라고 중얼거렸다. 어쩔 수 없이 직진하고 있지만 왠지 석연치가 않았다. 논현동을 지나 역삼동으로 들어서고 있었다.

아무래도 골치깨나 썩일 손님이란 확신이 갔지만 허구한 날 싸울 수가 없어 부드러운 목소리로 말했다.

"손님, 논현동을 지나 역삼동인데 댁이 어딥니까?"

"아따 직진하라면 직진했지 와 그리 말이 많노."

그는 밖에도 내다보지 않고 무조건 손짓을 하며 직진하라는 것이었다.

"손님 직진하는 것도 좋지만 가시는 곳이 어딘가

알아야 할 것 아닙니까? 벌써 논현동 지나 역삼동이라니까요!"

드디어 나도 참지 못하고 소리쳤다.

"얏마, 누가 역삼동으로 가랬어. 농현동으로 가란 말야! 이짜샤!"

그가 말끝을 맺기도 전에 주먹으로 내 뒤통수를 내리치며 욕설을 퍼부었다.

갑자기 머리통에 일격을 당하는 바람에 무의식적으로 브레이크를 꾹 밟으며 차를 세웠다.

"왜 이래요? 이러다가 사고라도 나면 어쩌려고!"

내가 소리를 버럭 지르고 뒤를 돌아보았더니 그는 언제 그랬냐는 듯이 다시금 잠에 취해 있었다. 그렇지 않아도 오늘 하루 허탕을 치다시피 했는데 이 더러운 놈을 만나자 불끈 화가 치밀었다.

작년 초가을 자정이 조금 넘어서였다. 방이동 먹자골목에서 길동 가자는 취객을 태웠는데 길동 사거리까지 가서 아무리 깨워도 일어날 기색이 보이지 않았다. 이런 사람을 처음에는 무조건 파출소로 데려갔지만, 그날은 전혀 그럴 생각이 없었다.

파출소로 가면 인적 사항과 몇 월 며칠 몇 시에 어

디서 어디까지 타고 왔으며, 요금은 얼마냐고 물어보지만 돈이 없을 때는 보호자가 올 때까지 기다려야 한다. 그렇다고 보호자가 꼭 온다는 보장도 없다.

그렇게 되면 그 몇 푼 때문에 하루 일당이 없어지고 만다. 자동차가 고속도로를 돈 안 내고 나가면 열 배의 과태료를 물리고, 전철 무임승차를 하다 걸려도 수십 배의 과태료를 물리면서 도대체 택시 무임승차는 과태료는커녕 원금도 하소연할 곳이 없다.

그러니 나 또한 돈 안 내는 손님 기분 맞춰줄 부처님 같은 넓은 도량은 전혀 없었다.

네놈이 택시 기사를 물로 보는 것이나 내가 네놈을 물로 보는 것이나 마찬가지다.

오기가 발동한 나는 한강 미사리 둔치까지 가서 정신없이 자는 주정뱅이를 내동댕이치듯 차 밖으로 끌어 내렸다.

"얀마, 한강 물에 처박지 않은 걸 다행으로 생각해."

나는 큰 인심이라도 쓴 것처럼 중얼거리며 뒤도 돌아보지 않고 나오는데 어디선가 인기척이 들렸다. 주위를 살펴보니 라이트 불빛에 서성거리는 사람이 보였다. 젊은 놈이 윗도리도 없이 풀어 헤친 넥타이가 바지 밖으로 나온 와이셔츠 끝자락에 매달려 흩날리는 것도 모르고 허리를 꾸부정하게 숙이고 손을 허우적거리며 혀가 꼬인 소리로 "어이! 태 액 시!" 부르며 다가오고 있었다.

저놈도 필시 어느 택시 기사가 성질나서 참지 못하고 나보다 먼저 갖다 버린 백수라 생각하니 절로 웃음이 피식 샜다.

"내가 네놈을 태워줄 생각이라면 아예 이곳을 오지도 않았다, 이놈아."

나는 못 볼 것을 본 것처럼 눈살을 찌푸리며 한강 둔치를 빠져나왔다.

그래 네놈도 맛 좀 봐라 해병 이백이인지 뭔지 모르겠지만 나도 네놈처럼 성질이 있는 놈이야. 나는 혼자 미친 듯 중얼거리며 청계산 골짜기를 상상하며 핸들을 돌렸다.

돌이켜 보면, 나는 한 번도 마누라한테 따뜻한 말 한마디를 해 준 적이 없다. 신혼 때 돈 떨어지면 처갓집에서 빌려오게 했다. 처음 한두 번이야 그럴 수도 있겠지만, 시도 때도 없이 갖은 엄포로 가기 싫어하는 마누라를 처갓집으로 보내 돈을 얻어와 살기도 했다. 그렇다고 내가 전혀 돈벌이를 안 한 것은 아니지만 마누라는 그런 내가 싫어 이혼 서류에 도장을 찍으라고 닦달했다.

지금까지 아이들 때문에 참고 살아왔는데 이제 애들도 다 커서 제 밥벌이를 하니 별걱정도 없는데 내게 주먹질까지 받아 가며 살 필요가 없다는 것이었다. 그래도 수십 년을 살아왔는데 밤늦게 집에 들어와 밥통에서 밥을 푸고 냉장고를 뒤져 반찬을 찾아도 나와 보지도 않는다.

그렇게 냉정한 마누라도 어디선가 전화만 오면 닭살이 전신에 돋을 정도로 아이고 김 선생님 어쩌고저쩌고 애교를 부리는데 아무리 보험 설계사의 직업의식이라도 울화가 치밀곤 했다.

청계산 입구에 들어서는데 "그래. 좋다, 이거야. 내가 네년 없으면 못 사냐. 나가, 나가고 싶으면 다 나가." 하고 잠꼬대인지 술주정인지 중얼대더니 다시 잠잠해졌다. 네놈도 해병대 이백이라고 기백은 살아 큰소리치다가 마누라한테 되게 당한다고 하는 생각이 들자, 한편으로는 측은하게 보였다.

"여보슈, 해병 이백이 양반 술 좀 깬 거요."

다시 오른손으로 손을 뻗어 다리 정강이 부분을 잡고 흔들어댔지만 꼼짝도 하지 않았다. 나는 잠시나마 이런 놈에게 동정했다는 데 배신감을 느끼며 차가 들어갈 수 있는 골짜기까지 속력을 내었다. 더 이상 들어갈 수 없이 포장도로가 끊긴 곳에서 차를 세우고 뒤로 돌아가 뒷문을 열고 축 늘어진 해병 이백이의 멱살을 양손으로 잡고 끌어당겼다.

"이놈아! 이곳에서 술 깨고 나오려면 아마 내일 아침이나 될 것이다. 이것이 모두 술 때문이라 생각하고 반성이나 해. 알았나, 이백이!"

나는 이백이가 나의 부하나 되는 것처럼 명령하듯 중얼거렸다. 그런데 웬일인지 이백이는 조금도 움직이지 않았다. 내가 이렇게 힘이 없단 말인가 하는 의구심에 다시 한번 팔에 힘을 줬지만 꼼짝도 하지 않았다.

"이거 놔! 해병 이백이가 너 같은 놈에게 끌려 내리게 됐어?"

이백이는 갑자기 소리치더니 나를 힘껏 밀치고 자세를 바로잡았다. 나는 깜짝 놀라 잠시 멍해졌다가 정신이 번쩍 들었다. 옛말에 썩어도 준치라고 하더니 정말 해병대 기질은 살아 있네! 하는 생각을 하면서 갑자기 불안해지기 시작했다. 만약 내가 이백이를 여기에 버리려고 왔다는 것을 알기라도 한다면 보통일이 아니라는 것 때문이었다.

"다 왔어요. 빨리 내려요!"

나는 이백이가 더 정신 차리기 전에 빨리 내려놓고 도망치려는 마음에 재촉했지만, 그는 좀처럼 내릴 생각은 안 하고 멍하니 앞만 바라보고 있더니 "나, 돈 없어."하는 거였다. '나, 돈 없어.' 하는 말에 이백이가 아직은 나의 의중을 모르고 있다는 데 마음이 놓이면서 한 여자가 떠올라 피식 웃음이 나왔다.

지난봄 오전 10시 경이었다. 빈 차로 광화문을 지나 인사동 쪽으로 가려는데, 멀리서 여자가 앞에 가는 택시를 보고 손을 들었다. 택시가 여자 앞으로 가 멈칫하더니 그냥 가버렸다.

'왜 안 태우고 가지. 빈 차가 아니었나!'

나는 별생각 없이 앞차가 가버린 자리에 내 차를 세웠다. 여자는 곧바로 앞문을 열고 내 옆에 앉았다.

"어디로 가실까요?"

"미아삼거리요."

그녀도 한마디 던지곤 아무 일 없다는 듯이 등받이에 기대고 눈을 감았다. 언뜻 보아 삼십 대 중반은 되어 보이는데 아무래도 이상하다는 예감이 들었다. 얼굴은 통통하게 살이 올라 밉상은 아닌데 세수하지 않아 화장이 흐트러져 있고 시쿰한 냄새가 풍기는 게 술을 마신 것 같았다.

그러고 보니 옷도 세탁을 안 해서 거뭇거뭇 때 자국이 배어 있었다. 순간 앞에 멈칫 스쳐 간 택시 기사의 안목이 대단하다는 것을 느꼈다. 돈 있느냐고 물어보고 싶었지만, 만약 제정신을 가진 사람이라면 얼마나 수모를 주는 건가! 나 자신이 잘 알기 때문에 꾹 참았다. 어쨌든 이왕 태운 것 목적지까지 갈 수밖에 없었다.

여자는 어느새 잠이 들어 콧소리까지 내고 있었다. 피곤해서든 술에 취해서든 내 옆자리에 앉아 평온하게 잠든 모습을 보니 나까지 평온해져 마음이 너그러워졌다. 그리곤 설령 돈이 없다고 하더라도 내가 이 여자를 미아리까지 태워다 준다고 끼니를 굶은 것도 아니지 않느냐고 나 자신을 위로했다.

"여보세요, 다 왔어요!"

내가 잠에서 깨어나라고 큰소리를 내어 소리쳤다.

"아이고 깜짝이야. 그렇게 큰소리치면 어떡해요. 그런데 여기가 어디야?"

여자는 내릴 생각은 하지 않고 밖을 내다보며 딴청을 부리고 있었다.

"미아삼거리 가자고 했잖아요?"

"싫어. 나 여기서 안 내릴래."

"왜요?"

내가 따지듯이 물었다.

"나 도봉산 갈래."

"도봉산, 도봉산은 왜?"

"그냥."

"차비 있어?"

"나, 돈 없어."

"돈도 없이 어떻게 도봉산에 가! 그냥 여기서 내려. 나도 벌어먹고 살아야지. 내가 여기까지 태워줬으니까, 도봉산까지는 다른 사람한테 태워 달래."

역시 내가 생각한 대로 제정신을 가진 여자가 아닌 것을 알고 아기 달래듯 다정하게 말했다.

"싫어. 나 도봉산 갈래. 아빠, 나 도봉산까지 태워다 줘. 응?"

언제 졸았냐는 듯이 웃음이 가득한 얼굴을 나에게 들이대며 하는 말에 황당해 그냥 바라보기만 했다.

"오빠, 오빠 그렇게 쳐다보지 말고 태워다 주라. 딱 한 번만 응?"

난데없는 아빠, 오빠라는 호칭에다 애교까지 섞어 부르며 어리광까지 부리는 그녀가 처음에는 황당했지만 볼수록 가식 없이 해맑은 미소로 제발 좀 자기 말을 들어달라는 듯한 시선이 얼마나 신선해 보이는지 꼭 끌어안아 주고 싶은 충동이 일었다.

어쩌면 그녀는 제정신이든 아니든 도봉산에서 또 하나의 나를 만난 적이 있기에 그 기억을 찾으려고 무작정 도봉산을 고집하는지도 모른다고 생각하자 측은해 보였다.

"아니, 용감하신 해병 이백이께서 겨우 택시비 안

내려고 이제껏 큰소리쳤단 말씀입니까! 그리고 해병대 이백이는 택시 기사를 마구 패도 괜찮은 겁니까?"

여기서 어물거리다가 왜 이런 곳으로 들어왔느냐고 따지면 자칫 큰 낭패를 보게 될 판이라 이백이가 더 정신 차리기 전에 빨리 이곳을 벗어나기 위해 큰소리쳐 가며 차를 돌려 다시 강남 쪽으로 달렸다.

"그래! 내가 술 취하면 조금 그러긴 해. 그런데 지금 어디로 가는 거야?"

"논현동이라면서요!"

"논현동! 거기는 뭐 하러 가?"

"아까 논현동이라고 했잖아요!"

이제 정신이 든 것 같아 비위를 잘 맞추어 차비라도 받아 실속이라도 챙겨야겠다는 생각이 앞서 반색하며 말했다.

"아냐, 부천으로 가!"

"부천요! 그런데 왜 논현동이라고 했어요!"

"내가 그랬어? 아, 친구가 논현동에 살고 있는데 술기운에 그 친구 집에 가려고 했나! 그 친구는 사업

해서 돈 좀 벌었거든. 개털 알아? 아무 쪽에도 쓸 수 없는 개털 말야. 늙어서 개털 되니까 더 더러운 거, 기사 양반 알기나 해!"

그는 계속 개털이 어쩌고저쩌고 한참을 중얼거리다 또 잠이 들었는지 조용했다. 동상이몽인가 이 사람도 어쩌면 나와 같이 늙어 수렁에 빠진 인생 낙오자인지 모른다는 생각에 동정심이 들었다.

그러고 보니 나도 어느새 개털이 되어 있었다. 나도 요즘 들어 세상 살기가 더욱 싫어졌다. 마누라도 싫고 자식도 싫고 지나가는 강아지도 눈에 띄기만 하면 발길로 내질러버리고 싶어졌다. 나이 탓인가 무엇을 해도 되는 일이 없고 누구 하나 관심 있게 봐주는 사람도 없다. 그냥 버려진 논두렁에 허수아비처럼 모두 무심하게 스쳐 갈 뿐이다.

차라리 허수아비가 되어 무아의 시선으로 세상이 보였으면 좋으련만 그렇지가 않다. 정반대로 누구든 이단자로 보여 기회만 있으면 속이 후련하도록 욕질하고, 마음껏 발길질하고, 모두 죽이고 싶은 충동이 일어날 때도 있다. 특히 빈 택시로 무료하게 손님을 찾아 거리를 헤매는 시간이 길면 길수록 울화통이 치밀고 아무 데고 차를 몰아 싹 깔아뭉개고 싶은 충동을 억제하느라 제기랄 소리가 절로 새어 나왔다.

액수를 논할 수 없는 고층 빌딩과 호화로운 아파트 사이로 이어진 강남대로는 주차장을 방불케 고급 승용차들이 빼곡히 들어차 밀려다닌다. 그 틈에 끼어 한 푼만 적선하쇼 하는 심정으로 가로변 숱한 사람들의 눈치를 보며 이렇게 하루하루를 보내며 살아야 하는 삶에 회의를 느끼고 있기 때문이었다.

거기다 이처럼 취객의 난동이나 돈 자랑하며 거들먹거리는 자들의 추태를 본다면 내가 아니라 자다가 깨어난 지렁이도 금방 토할 것이다. 이래저래 다 틀린 세상 오늘 들어가면 마누라나 편하게 이혼 서류에 도장이나 찍어줘야겠다는 생각이 들었다.

"정말 부천까지 갈 건가요?"

마음을 추스르고 큰 소리로 말했지만 아무 말이 없다. 차를 가로변에 세우고 뒤를 돌아봤다. 머리를 구부정하게 유리창에 기댄 채 꼼짝을 안 했다. 잠을 자고 있었다. 이렇게 취해 잠에 곯아떨어진 사람 말을 듣고 정말 부천에 가야 하는지 망설여졌다. 만약 부천에 갔다가 왜 부천에 왔냐고 또 딴소리한다면 그것처럼 황당한 일이 또 있겠는가. 아까 어떡하든 청계산에 버리고 와야 했는데 아쉬움이 남았다.

"야! 가자면 가는 거지. 왜 서 있는 거야?"

언제 깨어났는지 소리를 벌컥 지르며 또 주먹이 날아왔다. 가까스로 피했지만 여간 성질나는 게 아니었다. 돈이 없다면서 무작정 부천에 가자니 걱정이 돼서 하는 말입니다, 하고 말이 목젖까지 올라오는 것을 참았다. 술 취한 사람한테 말대꾸해 봤자 이로울 게 없기 때문이었다.

"정말 부천 가실 거요?"

물어보긴 했지만 불안하기 마찬가지다. 정말 부천에 가기라도 한다면 요금을 어떻게 받아내야 할지 대책이 서지 않았다. 만약 갔다가 배째 하며 나 몰라라 한다면 어쩔 수 없이 그 먼 곳에서 빈손으로 돌아오게 된다는 생각이 맥 빠지게 했다.

"이놈아가 되놈 속 꼬챙이를 삶아 묵었나. 와 그리 의심이 많노. 까불지 말고 빨리 가기나 해!"

아직도 술이 덜 깬 이백이는 내 속을 들여다보기라도 한 것처럼 큰소리쳤다. 그 주정에 속이 뒤집힐 지경이지만 어쩔 도리가 없다. 마음 같아서는 개 같은 소리 집어치우고 빨리 내려! 하고 멱살을 잡아 밖으로 내동댕이치고 싶었다.

하지만 해병의 기질이 아직 남았는지 도저히 그를 감당할 수 없을 것 같아 더욱 속이 끓어올랐다. 이제는 어쩔 수 없이 밤을 새워서라도 부천이든 서울이든 이백이를 집에 태워다 주는 수밖에 다른 방법이 없다는 결론을 내렸다.

"야, 돈 받고 싶으면 빨리 가란 말야!"

또다시 고함이 들렸다. 돈만 받을 수 있다면 가지 말래도 갈판이지만 만취돼 떠벌리는 말을 어떻게 믿으란 말인가. 걱정은 되지만 하는 수 없었다.

"예! 알았습니다. 부천으로 가지요."

에라 모르겠다. 기왕 망친 하루 망치면 얼마나 더 망치겠나. 부천 갈 동안이면 술이 깨겠지. 이제 어떡하면 내다 버리느냐가 아니라 어떡하면 돈을 받아낼 수 있는가를 생각하며 부천으로 출발했다.

한참을 무슨 말인가 혼자 중얼거리더니 노들길을 지나 신월 나들목을 지날 즈음 이백이는 다시 잠에 빠져 있었다. 그렇게 큰소리치며 자신의 당당한 위세를 보이던 이백이도 곤하게 잠자는 모습은 평범한 노인에 불과했다.

"손님, 정신 차리세요! 여기가 부천인데 어느 쪽으로 가야 합니까?"

부천 톨게이트를 지나 시내 번화가로 접어들면서 목소리를 높여 오른손으로 이백이 다리를 마구 흔들어대었다. 집요하게 흔들어대자 이백이가 잠이 깨며 한참 주위를 두리번거렸다.

"여기가 어디고?"

잠에 취해 있다 깨어나 방향 감각을 잃어버린 듯 혼자 중얼거렸다.

"부천 시냅니다."

얼른 내가 말을 거들었다.

"부천이라꼬!"

되묻는 말에 이 사람이 또 딴소리하는 것 아닌가 하는 걱정이 앞섰지만, 다행히 이백이는 이제 정신이 들었는지 쳐진 고개를 들고 두리번거렸다. 그리곤 언제 내가 술주정했느냐는 듯 진지하게 눈앞에 들어오는 이정표를 보며 우회전, 좌회전하고 갈 길을 지시했다.

갑자기 얌전한 강아지처럼 앞만 보며 집 찾아가기

에 여념이 없는 이백이의 행동이 신기하기도 했지만, 더 이상 이백이가 배 째, 하는 우려를 안 해도 된다는 안도감이 생겼다. 이백이의 집은 부천 시내가 아니라 시내를 한참 벗어난 한적한 마을에 있는 아담한 단독주택이었다.

"미안하지만 잠깐만 기다리소."

집 앞에 도착하자 완전히 딴사람이 되어 인사치레까지 하고 차에서 내렸다. 그리고 마치 처음 가는 손님처럼 옷매무새를 단정하게 고치고 곧바로 자세를 취하더니 흠하고 큰기침하고 초인종을 눌렀다. 그렇게 개망나니 같던 이백이는 어느새 점잖은 노신사가 되어 있었다.

시간이 잠시 흘렀지만, 안에서는 인기척이 없었다. 역시 허탕 치는 건 아닌가 하는 불길한 생각이 떠올랐다. 인기척이 없으면 대문을 흔들거나 발길질을 해서라도 사람을 나오게 해야지, 마냥 근엄한 자세만 취한 채 대문만 바라보고 있는 이백이가 답답하고 한없이 불쌍해 보였다.

그럭저럭 십 분이 지났지만 아무런 인기척이 없다. 어찌 그 용맹하던 이백이의 기상이 어디로 갔단 말인가. 차 안에서 바라보고만 있던 나는 당장 달려가 이백이의 입을 벌리고 술이라도 한 사발 퍼먹이고 싶었다. 그리고 아까 큰소리치던 그 기백을 살려주고 싶었다.

그러고 보니 어느새 이백이가 아니라 내가 집 앞에 서 있는 것 같은 심정이었다. 조금의 흐트러짐 없는 자세로 서 있던 보람이 있어서인지 이십여 분이 흐른 후 거짓말처럼 대문이 열리고 중년 부인이 잠옷 바람으로 나왔다.

이백이는 근엄하게 부인에게 무슨 말인가를 하고 있었다. 나는 마른침을 꿀꺽 삼키며 세상에 성우가 따로 없구나. 감탄하면서 이백이의 일거수일투족을 주시했다. 이쯤에서 부인의 앙칼진 목소리가 터질 줄 알았는데 나의 예상은 전혀 빗나가고 말았다.

부인이 아무 말 없이 안으로 들어간 것이다. 이백이는 들어가는 부인을 바라보며 헛기침하며 뒷짐을 하고 멋쩍은 듯 서 있었다. 마치 처음 보는 낯선 집처럼. 잠시 후 나온 부인의 손에 쥐어진 만 원짜리가 보였다. 부인은 슬리퍼를 끌면서 서서히 택시로 다가와 숨죽은 목소리로 "여기요." 하며 열린 창문으로 돈을 내밀었다.

여자는 이백이에 비해 꽤 젊어 보였다. 돈을 건네준 부인이 대문 안으로 사라질 때까지 슬리퍼 끌리는 소리가 여운으로 남았다.

나는 게임에서 이긴 것처럼 홀가분한 기분으로 돌아오면서 몇 번씩이나 윗주머니에 손을 넣어 손끝에 닿는 여러 장의 만 원짜리 촉감을 느꼈다.

"그래! 이렇게 살면 되는 거야. 더 이상 마누라 눈치 보며 이백이처럼 기죽어 살 수는 없다. 오늘은 꼭 이혼 서류에 도장을 찍어버리자."

결정하고 나니 십 년 묵은 체증이 쑥 내려가는 것 같은 기분이었다. 집 앞에 도착하니 벌써 새벽 세 시가 넘었다. 주차장 빈 공간에 주차하고 차에서 내리니 다리가 휘청거려 금방 앞으로 넘어질 것 같았다.

그렇지 않아도 하루 종일 앉아 있는 게 일인데 이백이와의 설전으로 다른 날보다 네 시간을 더 차에서 꼼짝도 못 하고 앉아있었으니 다리가 정상일리 없다. 그래도 넘어지지 않으려고 비척거리며 집을 향해 걸었다.

"아니, 저 인간이 아직도 정신 못 차리고 술 처먹

고 운전을 해!"

찢어질 듯한 일갈에 깜짝 놀라 소리 나는 쪽을 보
니 집 앞에 마누라가 팔짱을 끼고 장승처럼 서 있다.

"아니, 저 여편네가 미쳤나. 지금이 몇 신데 잠도
안 자고 밖에 나와 내 걱정을 해!"

나는 투덜거리면서도 오늘만큼 마누라 얼굴이 달
덩이처럼 환하게 보이기는 처음이었다.

숨겨진 목걸이

초판 발행 | 2026년 3월 27일

지은이 | 이명신
사 진 | 이명신
펴낸이 | 윤영만

펴낸곳 | 도서출판 서이원
출판신고 | 제300-2009-99호(2009.9.3)
주소 | 서울특별시 종로구 평창23길 27(평창동)
전화 | 02) 379-5134(010-2887-6013)
팩스 | 02) 379-5134
E-mail | samhorst@hanmail.net

ISBN 978-89-964592-9-3 03810
책값 10,000원